人民日报海外网
●编著●

我在中国当大使

21国驻华大使讲述
他们看到的中国

人民日报出版社
北京

图书在版编目（CIP）数据

我在中国当大使 / 人民日报海外网编著. -- 北京：人民日报出版社, 2021.5
ISBN 978-7-5115-6998-1

Ⅰ.①我… Ⅱ.①人… Ⅲ.①新闻采访—作品集—中国—当代 Ⅳ.①I253

中国版本图书馆CIP数据核字(2021)第064897号

书　　名：	我在中国当大使 WOZAI ZHONGGUO DANGDASHI
作　　者：	人民日报海外网
出 版 人：	刘华新
责任编辑：	张炜煜　贾若莹　霍佳仪
封面设计：	李尘工作室
版式设计：	元泰书装
出版发行：	人民日报出版社
社　　址：	北京金台西路2号
邮政编码：	100733
发行热线：	（010）65369509　65369512　65363531　65363528
邮购热线：	（010）65369530　65363527
编辑热线：	（010）65369509　65369514　65363528
网　　址：	www.peopledailypress.com
经　　销：	新华书店
印　　刷：	北京中科印刷有限公司
法律顾问：	北京科宇律师事务所 010-83622312
开　　本：	710mm×1000mm　1/16
字　　数：	260千字
印　　张：	19.75
版　　次：	2021年7月第1版
印　　次：	2021年7月第1次印刷
书　　号：	ISBN 978-7-5115-6998-1
定　　价：	78.00元

序

我投身外交40余载，去过全球几十个国家，三度持节出使，亲历了许多重要的外交时刻，交了一大批朋友。我深切感受到每个国家都有其独特的魅力，每个民族都有其自身的闪光点，我们应当互学互鉴，共同进步。作为一名外交官，我一生都在致力于增进中国与世界的友好关系，致力于促进中国人民与世界人民的友好交往。这既是我的职责，也是我的使命。

最近恰逢人民日报海外网要出版《我在中国当大使》一书，并邀请我为该书作序。看到书的题目，我蓦然想起自己曾经驻外当大使的许多往事，遂欣然应允。该书通过采访形式记述了各国驻华大使在华任职期间对中国日新月异发展变化的所见所闻，以及他们对中国共产党、中国人民、中国特色社会主义建设成就的高度评价。不少使节对中国历史文化的博大精深赞叹不已，有的流连于城市的大街小巷，有的被各色美食所吸引，有的惊叹于万里长城的雄伟壮阔，有的沉醉于春节的浓浓节日气息。

在《我在中国当大使》一书中，各国驻华使节也介绍了各自国家的灿烂文化和风土人情，我们从中可以感受到亚洲的活力、非洲的热情、南美的奔放、欧洲的安逸和大洋洲的闲适……相信读者看到这些图文并茂的介绍，一定会产生想要走近这些国家，去体验异域生活、感受异域文化的美好愿望。

　　书中的几位大使与我是老朋友，我们曾有过很多工作上的交往。书中大使们的国家，多数我都去过，他们讲中国的故事让我感同身受，讲他们国家的故事又让我身临其境，因此看他们的介绍，有一种由衷的亲近。

　　我相信，这本书的出版有助于世界对中国的认识和了解，也有助于中国对世界的认识和了解。地球是相通的，人类的命运是相连的，彼此了解了、理解了，心就相通了。

吴海龙

中国公共外交协会会长

写于 2021 年 2 月 23 日

目 录
CONTENTS

智利

003 "很高兴智利车厘子成了中国年货"
　　　　——访智利驻华大使路易斯·施密特
008 听大使们"花式"秀中文
011 来一杯以聂鲁达命名的葡萄酒
013 到智利,了解我们的"星球"

哥伦比亚

019 "中国是一个了不起的国家"
　　　　——访哥伦比亚驻华大使路易斯·蒙萨尔韦
024 "零距离"走近驻华大使
026 探秘马尔克斯的故乡

埃及

031 "祝中国朋友新春快乐!"
　　　　——访埃及驻华大使穆罕默德·巴德里
036 大使春节要骑摩托逛北京
039 摇曳多姿的现代埃及
042 埃及,不只有金字塔

埃塞俄比亚

047 "期待埃中关系更上一层楼"
　　　　——访埃塞俄比亚驻华大使特肖梅·托加
052 这五十年,埃中并肩走过
055 大使现场教 3000 年古文字
058 一个《荷马史诗》中的神奇乐园

希腊

063 "一带一路合作发展令人惊喜"
　　　　——访希腊驻华大使乔治·伊利奥普洛斯
067 雅典和北京紧密相连
069 "穿越"千年　约见古国
071 希腊:三大理由让人着迷

印度尼西亚

077 朋友圈里有中国餐馆小哥
　　　　——访印度尼西亚驻华大使周浩黎
082 印尼驻华大使的中国情缘
085 印尼保安大叔"点赞"中国电商

伊朗

093 "中国游客遇到任何困难可以找我"
　　　　——访伊朗驻华大使穆罕默德·克沙瓦尔兹扎德
097 中国"生命至上"理念令人动容
099 用短视频展现一个鲜活的伊朗
101 到"小昭故里"来一场"说走就走"的旅游

意大利

109 "爱在北京大街小巷遛弯儿"
　　　　——访意大利驻华大使方澜意

114 意中合作未因疫情止步

117 这座大使官邸是"宝藏博物馆"

119 到意大利,与电影"名场面"重逢

马来西亚

125 "来北京就像与老朋友重逢"
　　　　——访马来西亚驻华大使拉惹·拿督·努西尔万

130 马来西亚将继续支持"一带一路"

133 大使请你来追剧

136 多元文化引来全球客

毛里求斯

141 "毛里求斯和中国就像一家人"
　　　　——访毛里求斯驻华大使王纯万

147 这位大使是华裔

150 印度洋上的"星与钥匙"

蒙古国

155 "3万只羊是我们的真心诚意"
　　　　——访蒙古国驻华大使图布辛·巴德尔勒

160 蒙中关系正处于历史最好时期

163 "五畜"是草原的吉祥物

166 乌兰巴托的夜,那么美

莫桑比克

171 "中国也是我的家"
　　　　——访莫桑比克驻华大使玛丽亚·古斯塔瓦
176 坚定发展对华合作
179 把口罩戴出"时尚范儿"
181 到莫桑比克去看海

新西兰

185 "新西兰人也爱过中国春节"
　　　　——访新西兰驻华大使傅恩莱
190 希望新中两国人民一起跳广场舞
193 探秘毛利文化"宝库"
196 到新西兰享受一个完美假期

秘鲁

201 "进博会让我们非常兴奋"
　　　　——访秘鲁驻华大使路易斯·克萨达
206 大使"带货",秘鲁好物来啦
209 在秘鲁,与印加文明"零距离"接触

菲律宾

215 见证中国"了不起的发展"
　　　　——访菲律宾驻华大使何塞·圣地亚哥·罗马纳
220 中菲外交大事记
222 这位大使就像"邻家爷爷"

葡萄牙

227 "我被中国先进科技吸引了"
　　　　——访葡萄牙驻华大使杜傲杰
232 这个使馆竟然有张麻将桌!
235 葡萄牙三大"迷人之处"

俄罗斯

241 把华为手机作为礼物带回国送亲戚
　　　　——访俄罗斯驻华大使安德烈·杰尼索夫
245 "两会召开是一个积极信号"
248 大使用这句古诗形容俄中文化交往

韩国

253 "《论语》名句是我的座右铭"
　　　　——访韩国驻华大使张夏成
258 听韩国大使讲段子
260 席卷全球的"韩流"从这里来

泰国

265 "泰国和中国相知相通"
　　　　——访泰国驻华大使阿塔育·习萨目
269 大使官邸壁画有"玄机"
272 去泰国，总有惊喜等着你

阿联酋

277　"希望再到武汉吃热干面"
　　　　——访阿联酋驻华大使阿里·扎希里

281　阿中共筑百年繁荣

284　大使请我们喝咖啡

286　在阿联酋，沙漠与大海相遇

乌拉圭

293　"长城爬100次也不会厌烦"
　　　　——访乌拉圭驻华大使费尔南多·卢格里斯

298　看"文艺范儿"大使"秧歌秀"

301　这份《人民日报海外版》，使馆已收藏32年

303　自然——乌拉圭的名片

智利
Chile

我/在/中/国/当/大/使

复活节岛草地上的石像(智利驻华大使馆供图)

"很高兴智利车厘子成了中国年货"
——访智利驻华大使路易斯·施密特

智利驻华大使路易斯·施密特　付勇超/摄

> 海内存知己，天涯若比邻。被称为"天涯之国"的智利尽管与中国分处地球两端，但智利诗人聂鲁达、复活节岛石像、肥美的三文鱼、高甜度的车厘子和性价比高的红酒，在中国有很高知名度。
>
> 日前，智利驻华大使路易斯·施密特接受了人民日报海外网专访。在采访中，先后两次担任驻华大使的施密特表达了对中国的喜爱之情。2020年恰逢中国与智利建交50周年，施密特希望以此为契机不断深化智中两国的经贸往来和人文交流。

敬佩中国的发展成就

1991年，当时做农贸生意的施密特第一次来到中国。回忆首次中国行，施密特笑言曾遭遇不少尴尬："当我推销智利红酒时，中国人说喜欢喝白酒；当我推销智利水果时，中国人说进口水果太贵，只买国产水果。"尽管当时无功而返，但施密特并没有灰心，"中国人口多，需求量大。从那时起，我就看到了中国市场的巨大潜力。"

20多年时光流转，施密特的"预测"成了真。如今，中国成为智利红酒最大出口市场，智利也成为中国第一大鲜果进口来源地。一说起近年来在中国走红的智利车厘子，施密特笑逐颜开。"11月起智利车厘子开始进入收获季，产量最大的时候是次年1月、2月，而这段时间正好是中国春节。"施密特说,很高兴智利车厘子也进入了中国人的年货"清单",越来越多中国人在春节时会带上智利车厘子走亲访友。

从乏人问津到走俏热销,智利红酒、水果在中国市场的待遇变化背后,是中国经济社会的巨大发展。两次出任驻华大使的经历,让施密特对此有"春江水暖鸭先知"的敏锐感受。"我非常敬佩中国这 70 年来取得的成就,尤其是改革开放彻底改变了中国。"施密特说,"如今中国成为世界第二大经济体,对世界经济的贡献率超过 30%,中国的繁荣与世界发展紧密相连。"

中国跃升为智利第一大贸易伙伴

红彤彤的车厘子,不仅见证了中国人越过越红火的日子,也折射出中国与智利之间交融度越来越高的经贸往来。

智利是第一个在中国加入世贸组织时就同中国签署双边协议、第一个承认中国完全市场经济地位、第一个同中国签署双边自由贸易协定的拉美国家,而在自贸协定的带动下,中智两国经贸有了跨越式发展。"2010 年我刚出任驻华大使时,美国、日本、德国是智利的前三大贸易伙伴,中国仅仅位列第十;如今中国已跃升为智利的第一大贸易伙伴。"施密特说。

依靠水果产业链生活的 150 多万智利人因为对华贸易而获利;一些智利小农舍借助中国市场的"东风"成为大公司……施密特对此深有体会,"如果中国发展好,智利也会发展好"。他对两国拓展务实合作的深度和广度抱有极高期待。

施密特欣喜地表示,两国务实合作正从水果贸易扩大到服务、投资等更广阔领域。2017 年,中国企业收购智利魔狮酒庄 85% 的股权;2018 年,中国企业以约 40 亿美元收购智利锂业巨头智利化工矿业公司 23.77% 的股份;2019 年,中国企业收购智利领先三文鱼公司……

在施密特看来,这些投资对智利来说都是"大手笔",为智利带来了更多商业合作、经济发展机会。

施密特认为，共建"一带一路"将成为未来智中务实合作的主轴。随着两国共建"一带一路"的顺利推进，包括基建、贸易、投资等各领域的合作将开创新局面。

很多智利人喜欢莫言的书

经贸领域的深度交融，促进两国人民心灵不断走近。施密特表示，智利政府正准备大力推动更多智利人学习中文，了解中国文化。

"为了和中国商人更顺畅交流，很多智利农民都在积极学习中文。"施密特表示，目前智利有不少机构提供中文教育。在首都圣地亚哥，一所以中国河流命名的小学"长江学校"率先开设中文课程，此后智利不少学校也引入中文课程。施密特说，孔子学院在智利广受欢迎，他的女儿此前就在孔子学院学习中文，而且为了保持对语言的敏感度，现在还常常回孔子学院练习中文。

谈到他本人学习中文的情况，施密特笑言："我现在的中文词汇量只有四五十个，汉语拼音的四声实在太难了。"不过，语言壁垒并没有阻挡施密特对中国文化的热情，"我喜欢中国戏剧和音乐，无论风格是古典还是现代。同样是芭蕾，中国芭蕾就有不同于西方芭蕾的独特美感。"

对中国文化了解得越多，施密特对中国文化独特之处的体会就越深。在施密特看来，悠久灿烂的中国历史文化，至今依然跃动于普通中国人的生活之中。"每次读孔子、老子，我都会加深对中国人思想行为模式的理解。"

2020年，中国与智利迎来建交50周年，施密特希望以此为契机进一步活跃两国人文交流，让两国人民走得更近。施密特表示，诺贝尔文学奖获得者、智利诗人聂鲁达多次访华，他把中国人民称作"兄弟"。为纪念

智利冲浪胜地皮钦勒姆（智利驻华大使馆供图）

聂鲁达对两国友谊所做的贡献，2014年北京朝阳公园立了一座聂鲁达雕塑。

施密特说，如同聂鲁达让智利文化在中国广为流传一样，中国文学作品也让更多智利人走近中国文化。中国作家莫言与拉美魔幻现实主义文学代表性人物马尔克斯相似的风格，让智利人感觉十分亲切，很多智利人喜欢看莫言的小说。"我就很喜欢莫言的《红高粱》，从中能够了解20世纪30年代的中国社会图景。"施密特希望在智中建交50周年之际，通过举办两国作家对话会等系列文化交流活动，进一步拉近两国人民的文化心理距离。

（文/毛莉　陈洋　原载于《人民日报海外版》2020年1月6日第8版）

· 采访手记 ·

听大使们"花式"秀中文

请大使"秀"中文,是《我在中国当大使》栏目组的"保留节目"。

谈起学中文的经历,智利驻华大使路易斯·施密特先向我们"吐槽"。第一次到中国当大使时,施密特就把学中文当作每日"必修课":每天早上7点到8点是雷打不动的学中文时间。可学了3个月后,施密特大使的最大感受是"中文实在太难了""汉语拼音ma读音一声时是妈,三声时就变成了马",而且中国方言众多,"比如到广东就会发现,广东方言和普通话完全不同"。

施密特大使笑言,虽然他自己中文不好,但是他有一个中文好的女儿。他骄傲地告诉我们,他的女儿不仅在智利的孔子学院学过中文,2012年到2014年还曾在清华大学学习,回国后也常常到孔子学院练习中文,"2017年我女儿跟我再次来到中国时,她能非常流利地和中国人交流"。

不仅施密特大使,《我在中国当大使》栏目组迄今采访的40多位大使都非常乐意和我们分享学中文的故事。

俄罗斯驻华大使杰尼索夫学习中文近50年。他很高兴地告诉我们,他发现身边朋友的孩子们"从小学甚至从幼儿园就开始学习中文"。

新西兰驻华大使傅恩莱曾于1998年至2002年担任新西兰驻上海总领事。那时候她就对上海方言严生了浓厚兴趣,每周都会花上一个小时专门学上海方言。"侬是上海宁伐(你是上海人吗)?"尽管20年过去了,但傅恩莱随口说起上海话来一点也不含糊。

叙利亚驻华大使穆斯塔法每天清晨都会从外交信函和中国媒体上整篇抄录有关叙利亚的新闻报道,而在具备一定中文基础后,他开始了最为重

从圣克里斯托瓦尔山上眺望圣地亚哥东南地区(智利驻华大使馆供图)

要的"中文练习"——研读习近平主席在不同场合的讲话。如今中文更成为穆斯塔法大使家里的重要语言,10岁和12岁的两个孩子中文水平近似母语,还会用中文唱中国国歌。

为了把大使们说中文的精彩瞬间传递给更多读者和受众,我们专门制作了主题混剪短视频《十国驻华大使说中文,哪家强?》。该短视频在海外网各平台推出后,立刻获得追捧,网友们的留言"盖起了高楼":"给各位大使点赞!""中国越来越强大,语言也越来越有魅力"……

大使们对学中文的热情,是全球"中文热"升温的生动缩影。550所孔子学院和1172个中小学孔子课堂分布于全球162个国家(地区);英国5200多所中小学开设中文课,学生达20万人;法国中小学学中文人数连年增长率达40%;德国学习中文人数在5年内增长了10倍;泰国1700多所中小学开设汉语课程,学生超过80万人……中文,架起了中外文化交流的重要桥梁。通过这座桥梁,民心将更加贴近,而世界也将认识一个更加鲜活立体的中国。

(文/毛莉 陈洋 原载于《人民日报海外版》2020年1月6日第8版)

· 采访手记 ·

来一杯以聂鲁达命名的葡萄酒

《我在中国当大使》栏目组刚走进智利驻华大使馆的会客厅,立刻被一整面摆满葡萄酒的玻璃橱柜吸引了目光。施密特大使见我们好奇,便打开橱柜门,向我们介绍每瓶葡萄酒的名称和口感特征。

本以为施密特大使只是简单地为我们"答疑解惑",没想到在正式采访结束后,他还拿出了珍藏多年的好酒,让使馆工作人员在使馆大厅一角特意为我们搭建了临时"展台"。从智利葡萄酒的悠久历史,到智利独特地理环境生长的优质葡萄,再到智利葡萄酒蕴含的智利文化……施密特大使现场拿起一瓶瓶葡萄酒,一边回忆年轻时在葡萄酒庄工作的经历,一边为我们当起了"讲解员"和"推销员"。

施密特大使向我们隆重推荐一款以智利著名诗人聂鲁达命名的葡萄酒。这让我们想起聂鲁达在《在我的祖国正是春天》中所写下的:"哦,智利/你这由波浪、葡萄酒和白雪所组成的长长的花瓣/什么时候,什么时候/我才能重新与你相见。"

在施密特大使看来,葡萄酒和聂鲁达既是智利文化的重要符号,也是拉近智利和中国距离的纽带。大使说，智利葡萄酒的最大海外销售地不是美国，也不是欧洲国家，而是中国。而把中国人民称为"兄弟"的聂鲁达，也是两国人文交流的使者。

聂鲁达生前先后3次来到中国，特别是在1951年第二次来中国的时候，他与中国作家丁玲、茅盾有过广泛接触，并与诗人艾青建立起深厚真挚的友谊。同样，也正是这次中国之行，聂鲁达写出了著名长诗《向中国致敬》："那高大的巨人一步一步长大，无边无际的稻田、土地、建筑，它引起了全世界人民的注目：'你怎么长大得这样快，我的兄弟！'"

聂鲁达生前致力于中智友好，发起并创建拉美最早的民间对华友好组织——智中文化协会，带动了一批批有识之士投身中智友好事业。直到今天，智中文协还是两国文化交流的纽带与桥梁。

"中国人是世界上最爱笑的人……中国孩子的笑是这个人口大国收获的最美的稻谷。"如同智利葡萄酒一般，聂鲁达诗歌在时光的沉淀中散发出越来越醇厚的味道。

（文/陈洋　原载于《人民日报海外版》2020年1月6日第8版）

· 国家人文地理 ·

到智利，了解我们的"星球"

聂鲁达曾为他的祖国写下了这样一句评语："没有来过智利的人，就不会了解我们这个星球。"

智利位于南美洲西南部，安第斯山脉西麓；东邻玻利维亚和阿根廷，北接秘鲁，西濒太平洋，南与南极洲隔海相望。智利是世界上最狭长的国家，南北长4352公里，东西宽96.8—362.3公里。独特的地理环境形成了智利显著的气候地区差异：北部是常年无雨的热带沙漠气候；中部是冬季多雨、夏季干燥的亚热带地中海式气候；南部为多雨的温带阔叶林和寒带草原气候。

智利矿藏、森林和水产资源丰富。以盛产铜闻名于世，素称"铜之王国"。铜储量、产量和出口量均为世界第一，已探明蕴藏量达2亿吨以上，约占世界储藏量的1/3。铁蕴藏量约12亿吨，煤约50亿吨。此外，还有锂、硝石、钼、金、银、铝、锌、碘、石油、天然气等。智利盛产温带林木，木质优良，是拉美第一大林产品出口国。智利渔业资源丰富，是世界上人工养殖三文鱼和鳟鱼的主要生产国。

智利地势狭长，从北部的沙漠地带到南端的冰川极地型地带，景色各具特点。

首都圣地亚哥城是进入智利的门户。在这里，19世纪的新古典主义风格建筑与21世纪的高楼大厦交相辉映，马波乔河与安第斯山脉相映成趣，餐厅、购物广场数不胜数，吸引着来自全世界的游客。在圣地亚哥市内，一抬头就能看到巍峨的安第斯山脉。

阿塔卡马沙漠被称为世界"旱极"，这里不仅是地球上最像火星的"死亡之地"，还是如梦如幻的旅游胜地和绝佳的观星地点。阿塔卡马城有世界上最高的地热场——塔地奥间歇泉，它的喷气孔可以达到几米高。此外，游客还可以在月亮谷中欣赏美丽的落日以及因盐渗透侵蚀而形成的天然雕塑。

面积约164平方公里的复活节岛，位于智利以西3700公里的遥远海面。

摩卡岛国家保护区的灯塔（智利驻华大使馆供图）

"南部冰原"中的冰川(智利驻华大使馆供图)

这座神秘的小岛不仅有洞穴、平原、星辰、大海,更因岛上无解的巨大人形石像而闻名于世。复活节岛的居民称自己居住的地方为"世界的肚脐",此言不虚,从高空俯瞰,复活节岛孤悬在浩瀚的太平洋上,确实像一个小小的"肚脐"。

建于1959年的百内国家公园位于安第斯山脉南端,巴塔哥尼亚高原中部,曾被《国家地理》杂志评选为"50个一生必须去的地方"之一。"百内"是当地土著语言,有"蓝色"之意。山峰、峡谷、河流、湖泊、冰川,百内国家公园为自然爱好者提供了无限可能,是"背包客"的天堂。

(文/张六陆 原载于《人民日报海外版》2020年1月6日第8版)

哥伦比亚
Colombia

我／在／中／国／当／大／使

彩虹河(哥伦比亚驻华大使馆供图)

"中国是一个了不起的国家"

——访哥伦比亚驻华大使路易斯·蒙萨尔韦

哥伦比亚驻华大使路易斯·蒙萨尔韦　付勇超/摄

出任哥伦比亚驻华大使，对路易斯·蒙萨尔韦来说是一种全新的体验。长期经商的蒙萨尔韦此前从未想过有一天会当大使，但当2018年底面临是否到中国当大使的选择时，他欣然同意，"因为来中国工作是一个很好的机遇"。

从2019年3月起来华工作的蒙萨尔韦还沉浸在"发现新大陆"的新鲜感中，他像怀有强烈好奇心的孩子一样探索着中国这个巨大的"宝藏"。蒙萨尔韦近日在接受人民日报海外网采访时表示，"中国是一个了不起的国家，有广阔的大好河山，有善良可爱的人。我希望能在中国待久一点，直到我能够真正地了解中国"。

从"商业好手"到驻华大使

蒙萨尔韦个人职业生涯看似"意外"转轨的背后，是中哥深化合作的"水到渠成"。

作为地区第一大煤炭生产国、第二大咖啡出口国、第三人口大国、第四大经济体、第五国土面积大国，哥伦比亚毫无疑问是拉美重要国家。近年来，随着哥伦比亚国内"和平计划"的逐步落实，政局和社会秩序渐趋稳定，与国际合作的条件和空间明显改善和扩大。

2018年8月就任哥伦比亚总统的杜克十分重视与中国这个"世界经济

大国"的经贸合作，杜克总统的首次亚洲行即选择出访中国。任命虽是"外交素人"却是"商业好手"的蒙萨尔韦担任驻华大使这一要职，也包含着新一届哥伦比亚政府对发展哥中经贸合作的厚望。

谈起哥中拓展经贸合作的领域，蒙萨尔韦如数家珍。"哥伦比亚是美洲人口大国，哥中合作将有利于促进中国与美洲地区的合作。"蒙萨尔韦说，目前哥伦比亚有超过 80 家中资企业，但这还远远不够。中国企业在基础设施建设、交通运输、高科技等领域走在世界前列，未来希望吸引更多中国企业到哥伦比亚投资兴业。

与此同时，蒙萨尔韦表示，中国有全球规模最大、最具成长性的中等收入群体，哥伦比亚希望能够进一步扩大咖啡、鳄梨、牛肉、香蕉、鲜花等特色农产品的对华出口。

中国企业家有"国际范儿"

深入中国社会挖掘哥中经贸合作的潜力，就无法忽视中国的企业家群体。从 1995 年只有 3 家中国企业进入美国《财富》世界 500 强榜单，发展到 2019 年中国企业以 129 家的上榜数量史无前例地超过美国登顶，中国企业家、中国企业的奋斗史是读懂中国经济的一把钥匙。

在评价曾经的中国"同行"时，蒙萨尔韦表示，"中国企业家很有责任心，脚踏实地，非常勤奋"。他把高科技领域的中国企业家称为"新型商人"，称赞他们"十分具有创造力，越来越具有广阔的国际视野"。

中国企业家在世界舞台的崛起，也是中国各领域发展的折射。虽然才来中国几个月，但已足以刷新蒙萨尔韦对中国的认知。他说，一些拉美人对中国的了解可能还停留在几十年前，但中国工业、社会、科技等各方面的发展早已超乎想象。作为一个拥有近 14 亿人口的大国，中国在脱贫事业上取得如此巨大的成就值得拉美国家学习借鉴。

奥里诺基亚—水晶河(哥伦比亚驻华大使馆供图)

"飞速发展的中国,展示给世界的是一幅积极向上的图景。"蒙萨尔韦相信,"来过中国的哥伦比亚人,一定会对这里感到惊喜。"

来场"说走就走"的中国旅行

2020年是哥中建交40周年。将两国关系推向新高度,离不开深化经贸合作的"助推器",也少不了人文交流合作的"黏合剂"。在采访中,蒙萨尔韦数次谈到两国加强人文交流合作的巨大潜力。

哥伦比亚著名作家马尔克斯,以一种特殊的方式将中哥两国联系了起来——许多经历过20世纪80年代的中国作家从《百年孤独》里获得了灵感,彼时中国各大学中文系学生言必称"魔幻现实主义"。蒙萨尔韦对此深感自豪的同时,也希望有更多哥伦比亚人通过中国作家的作品拓展对中国的认识。蒙萨尔韦饶有兴致地谈起他读过的莫言的《红高粱》、麦家的《解密》等,"在一些中国作家身上能找到与马尔克斯的共通之处"。

蒙萨尔韦希望两国人民从文学中认识彼此,也希望两国人民通过更直接的方式走近相互的日常生活。像普通人一样游历中国各地是蒙萨尔韦偏爱的方式。就任驻华大使不久,在没有人接机、没有特意安排行程的情况下,中文"零基础"的蒙萨尔韦和妻子就到成都来了一场"说走就走的旅行"。

过去语言不通等问题或许会给两国人民相互交往造成障碍,但如今随着科技进步,各种手机应用的出现让人们更容易实现自由交流。"在中国,无论想去哪里、想做什么都可以通过手机便捷查找,游玩体验非常舒心愉快。"蒙萨尔韦说。

蒙萨尔韦鼓励越来越多哥伦比亚人到中国旅游的同时,也向中国游客发出了热情的邀请。蒙萨尔韦表示,现在越来越多中国游客走出国门去探索未知之地,哥伦比亚就是一个很好的目的地。"我们有海岛,还有大自然鬼斧神工般的地形地貌,如果中国游客来到哥伦比亚,一定会感受到这里独特的魅力。"

(文/孟庆川　原载于《人民日报海外版》2019年11月18日第8版)

· 采访手记 ·

"零距离"走近驻华大使

"如果您有机会向外国驻华大使提问的话,您最想问哪个国家的大使?""就是国际新闻里老出现的那些国家吧。"

"今天我们去采访哥伦比亚驻华大使,您有什么问题想问大使吗?""咱们中国这么好,大使肯定喜欢,就想问问大使最喜欢中国的什么。"

这是《我在中国当大使》栏目组前往哥伦比亚驻华使馆途中,与出租车司机的一段对话。每次采访前,栏目组都会做足功课,希望通过报道,让普通民众"零距离"走近驻华大使。

在普通民众眼里,对驻华大使馆的印象可能只是森严的铁栅栏和威严的武警。各国驻华大使的工作更是"遥不可及",他们在宴会上觥筹交错,在谈判桌前唇枪舌剑,在世界各地奔走斡旋……"神秘",恐怕是普通民众心中大使的代名词。

为原汁原味地还原驻华大使的日常工作生活,《我在中国当大使》栏目组的关注点会与普通网友的兴趣点高度结合起来。跟随栏目组的镜头,广大受众会看到大使风格各异的"驻华"方式:有的大使会像普通游客一

加勒比—圣玛尔塔山脉（哥伦比亚驻华大使馆供图）

样,打卡中国"网红"景点;有的大使爱上了川菜的辣味;有的大使带领全家一起认真学中文;有的大使特意客串"快递小哥",体验在中国送货的感觉;有的大使还学会了中国书法……

《我在中国当大使》栏目迄今已完成30国驻华大使的专访,共推出45期视频、47篇图文报道。独具一格的报道风格也产生了裂变式的传播效应,目前总阅读（播放）量突破3.5亿,海内外网友互动评论数达20多万条。"愿中尼友谊长存","我可以帮（叙利亚驻华大使）推荐中国经典戏剧","阿尔巴尼亚电影《海岸风雷》《广阔的地平线》《地下游击队》《伏击战》等都是儿时的记忆","巴基斯坦也是很多中国人心中的好朋友、铁哥们儿"……几乎每一期图文报道和视频,都会引发网友们的热烈讨论。

（文/毛莉 戴尚昀 原载于《人民日报海外版》2019年11月18日第8版）

・国家人文地理・

探秘马尔克斯的故乡

　　41个自然国家公园、11个动物和菌群保护区、5个生物圈保护区、2个国家自然保护区……领土表面68.7%被自然生态系统覆盖的哥伦比亚,是世界上两栖动物和鸟类物种数量第一的国家。

　　美洲大陆最古老的城市、地球上最原始的地质构造、世界上最神秘的雨林系统……人文地理差异巨大的各种元素星罗棋布分布在哥伦比亚大地上。哥伦比亚人会向远道而来的旅客介绍：跨越哥伦比亚的5个地理区域，仿佛进入了5个不同的国家。

　　加勒比地区以温暖的气候和壮观的海滩著称。海岸上的圣玛尔塔大保护区广布红树林，溪流和沼泽穿行其间，这里是北美候鸟的一大落脚点。

　　奥里诺科地区位于奥里诺基亚平原的心脏地带，高度达600米的巨型岩石被茂密的热带雨林环绕，丰沛的水源滋养着土地。作为野生动物的庇护所，这里有100多种哺乳动物和700多种鸟类。

　　太平洋地区拥有洋溢异域风情的海滩，座头鲸观赏是那里最受欢迎的活动之一。这些鲸类动物从南极出发，"长途跋涉"约8500公里，抵达太

加勒比海上的普罗维登西亚岛（哥伦比亚驻华大使馆供图）

平洋的温暖水域，在每年7月至10月诞下幼崽。

亚马孙地区不同于这个星球上其他任何生态系统，它因神秘而令人着迷，是世界各地游客探索哥伦比亚的终极目的地。栖息动植物的数量令人难以置信，保存原住民文化的完整性使人眼界大开，亚马孙连接大自然、通达人类原始文明的魅力独一无二。

安第斯山脉地区是哥伦比亚人口最多的地区之一，被称为哥伦比亚大城市的摇篮。在东、中、西部山脉围拢中，首都波哥大、第二大城市麦德

拉哈斯大教堂（哥伦比亚驻华大使馆供图）

林展现出勃勃生机。其中麦德林也被称为"永春之城"，处在山地之中的城市坐标塑造了当地宜人的气候。作为艺术家博特罗的故乡，麦德林也被称为"博特罗之城"。博特罗诙谐、幽默的"胖子"作品在世界范围享有极高声誉。

不仅是博特罗，诺贝尔文学奖得主加布里埃尔·加西亚·马尔克斯的故乡也在哥伦比亚。他的家乡位于加勒比海地区。人们可以在那里寻访到许多出现在他小说中的场景地，这一定会成为人文旅行爱好者行程单上有趣的一页。加勒比海岸内陆的神秘小镇马孔多、安第斯地区的胡安·帝兹咖啡产区、奥里诺科地区的平原日落与动物迁徙……哥伦比亚数不胜数的好景致等你探秘。

（文/吴正丹　原载于2021年5月28日人民日报海外网）

埃及

Egypt

我/在/中/国/当/大/使

埃及南方雄伟的阿布辛贝神庙　张一夫/摄

"祝中国朋友新春快乐！"
——访埃及驻华大使穆罕默德·巴德里

埃及驻华大使穆罕默德·巴德里　付勇超/摄

我在中国当大使

> "虽然这是我第一次来中国,但通过阅读中国书籍,我早就开始了解中国。"2019年11月,埃及驻华大使穆罕默德·巴德里赴华履新。虽然此前未曾到访中国,但大使对中国传统文化并不陌生,在年少时期就曾读过英文版的《孙子兵法》,还对德国某中餐馆的一道中式汤品记忆犹新、念念不忘。
>
> 近日,巴德里大使接受人民日报海外网专访。面对镜头,大使用中文送出祝福:"祝中国朋友新春快乐!"心怀学习交流之心赴华,大使对飞速发展的中国充满好奇,更对未来加速推动埃中经贸发展与文化交流充满期待。

"想在北京找回儿时的味道"

美食是人文记忆的媒介,酸甜苦辣之中映射出一个国家的风土人情。巴德里大使告诉海外网,中国对他来说并不陌生,同为文明古国,中国的文化与风味一直令他非常向往。大使特别跟我们分享了一段镌刻在他脑海中的儿时记忆:"我6岁那年第一次品尝了中国菜。那时我们一家住在德国,妈妈带我去当地的中餐馆,专门点了一道汤,虽然早已不记得菜名,但它鲜美的味道让我久久难忘,我感觉,那个味儿就是中国。40多年后的今天,我希望能在北京找回儿时的味道。"舌尖上的中华美食,把巴德里和中国系在了一起。

除了体验中国味道，巴德里大使还热情欢迎中国朋友感受埃及风情，并化身"推荐官"介绍埃及丰富灿烂的人文地理。"如果喜欢历史文化，那一定要去卢克索，那是个很棒的城市。你可以看到庙宇、博物馆、历史遗迹。在酒店俯视西边的城区，你能够看到以前法老生活过的花园。"此外，埃及还有科普特正教会和罗马遗迹。如果想放松一下，可以到红海海岸上的度假村尽享海边风情，尝一尝埃及的传统美食——蚕豆做成的富尔和塔米亚。巴德里大使表示，目前包括游客在内，每年到埃及的中国访客有45万左右，这个数字在他看来仍然有很大的提升空间，他期待能有更多中国朋友到埃及走一走。"埃中两国文化旅游部长曾就这个问题进行过深入交流，我们希望能推进合作，增加中国游客的数量。"

"中国电影比肩好莱坞大片"

巴德里大使平素爱好阅读与写作，曾出版多部关于埃及与欧洲关系以及政治哲学方面的书籍。作为一名学者型大使，巴德里十分看重文化交流在两国关系中的意义。"两国关系不仅仅是看贸易量、投资或者科技，埃中两国人民也需要了解彼此的文化，这是很重要的。"

2013年，埃及中国大学在开罗正式成立，成为埃及唯一一所中国大学。埃中大见证着中埃新生代交流的不断深入，也成为推广中国文化的重要场所，直接将中埃人民连在一起。谈及青少年交流，巴德里表示："我知道有许多埃及学生到中国攻读硕士学位，学习中文。我也知道很多中国学生在埃及学习阿拉伯语。我曾和埃中大的校长和董事会成员一起参加过会议，这所学校很新，需求十分旺盛。我相信今后会有更多人选择这所大学。"

谈到现代中埃文化交流，举世闻名的开罗电影节不能不提。埃及电影作家和评论家协会于1976年创建开罗国际电影节，如今已成为全球各国电影荟萃争鸣的平台。从1992年首获金字塔金奖的《留守女士》，到2000

年帮助冯小刚斩获最佳编剧的《一声叹息》，再到 2012 年获人权竞赛单元特别提名奖的《飞越老人院》，埃及专业影评人对中国电影有着深入研究和高度评价。

喜爱观赏电影的巴德里大使表示："现在很多埃及人还在看三四十年前的中国功夫电影。现在中国电影产业发展了，我相信未来埃及市场对于中国电影的需求会越来越高，中国电影的市场会慢慢扩展。"巴德里还透露，他将组织使馆人员一起去看带字幕的中国电影，感受新时代能和好莱坞大制作比肩的中国电影是什么样子。

"买中国浴霸回埃及用"

在谈到什么中国产品在埃及最受欢迎时，巴德里大使说："埃及人对许多中国产品都有旺盛需求，比如汽车、微芯片、食品等等。"大使特别提到，华为产品在埃及也颇受欢迎，"高科技、好价格，我有好多埃及朋友都把原来的三星、苹果手机换成了华为。"

作为礼物，巴德里为家人购买了吉利汽车，给儿子买了华为手机。此外还有中国制造的浴霸。埃及的冬天昼夜温差很大，在开罗，冬季的夜晚温度低至 9 摄氏度，而大部分住所都不配备取暖设备。"我们夏天有空调，冬天却没有暖气。我妻子在中国买了浴霸回去，这对我们来说非常有用。中国有很多这样小巧创新的设备。"小小浴霸，为万里之外的埃及家庭带去了温暖。

埃及于 1956 年宣布与新中国建立外交关系，是阿拉伯世界第一个与中国建交的国家。近年，随着"一带一路"倡议不断推进，中埃两国积极加强战略对接，经贸合作蓬勃发展，中国已经连续 7 年位列埃及第一大贸易伙伴，两国关系持续升温。对此，巴德里大使表示，埃中关系在中国阿拉伯合作论坛的大框架下日益改善。"我们非常支持'一带一路'倡议，也是积极的参与者。埃及地处亚、非、中东的交汇处,是地缘政治上的贸易枢纽,很多贸易路线都经过埃及。最近埃及的经济改革创造了利于国际贸易和投资的环境,同时埃及和世界上很多国家都有自由贸易协定,来埃及投资兴业是非常好的双赢选择。"

(文/任天择 原载于《人民日报海外版》2020年1月24日第8版)

· 采访手记 ·

大使春节要骑摩托逛北京

走进埃及驻华大使馆,圆厅正中央摆放着的法老半身像立刻吸引了《我在中国当大使》栏目组。半身像约一尺半高,金色的主色调与蓝色的线条搭配在一起,神秘又陌生。

将时针拨回到五千年前,当美尼斯开辟古埃及第一王朝,开始了法老统治的时代,远在神州大陆的黄帝,克炎帝、伐蚩尤,一统华夏。这两个古老的文明在诞生之初,并不知道彼此的存在。

进入埃及驻华使馆会客厅,环顾四周,满满的古埃及风情扑面而来:壁画上有俯视 3 座金字塔的胡夫与图坦哈蒙法老,张开翅膀的伊西斯女神;靠墙的雕塑是鎏金的红眼黑喙鹰,头顶埃及王冠,象征着法老守护神荷鲁斯;连桌上的烟灰缸底座都有木雕"加持"。此外,墙上还挂有数幅埃及当地风景照,如中国人耳熟能详的金字塔、神庙等景点,身处厅中,仿佛亲临其境,眼前浮现出一幅幅古埃及历史画卷。

"早上好!"微笑着与我们握手后,穆罕默德·巴德里大使首先化身为热情的"推荐官":"采访开始前,你们应该试试我们埃及的传统饮料——

卡凯帝（Karkade）！"随后，使馆官员端来6只透明高脚杯，里面盛满宝石红色的饮料，闻起来有草木芳香，喝下去清甜甘冽。大使解释说，这是一种用晾干的木槿花泡制出的传统甜茶。"木槿花"，这个词很"中国"，魏晋阮籍在《咏怀》中就有"木槿荣丘墓，煌煌有光色"的诗句。自古中国赏木槿者有之，咏木槿花者有之，但我们竟不知此花在埃及传统饮食文化中也扮演着重要角色。冰凉甘甜的饮料入喉，也打消了我们采访之初的局促感。

埃及驻华大使馆摆放的埃及法老半身像　陆宁远/摄

对于2019年11月刚刚赴华履新的巴德里大使来说，这将是他在北京度过的第一个中国春节，因此在采访中，我们特意询问了大使的春节计划。说到这个，巴德里大使显得跃跃欲试。"我给自己买了一辆摩托车，想骑着它在北京城里到处看看！隔着车窗观光总觉得不过瘾，而且同事们跟我说过，春节期间北京的车辆行人也会少。"显然，凛冽的天气并不能阻止大使想去深入探索"四九城"的好奇心。大使还计划去上海和陕西，他特意强调要"乘高铁"，不坐飞机，个中理由与他打算骑摩托逛北京城相近，"因为坐火车能看到更多景色，可以更真实地了解一个地方"。

得知大使喜爱"兵家至圣"孙子与"儒家至圣"孔子，来自山东的主持人主动向大使介绍了齐鲁大地的特色景点与风土人情。巴德里眼睛一亮，

埃及卢克索卡尔纳克神庙的石柱　张一夫/摄

答曰："那我从陕西回来之后，一定要去山东看看！"

聊起这些话题，巴德里大使的表情更加丰富，语速也不断加快，对中国历史文化的喜爱之情溢于言表。从大使身上，我们感受到对另一种文明历史的尊重，强烈而纯粹的好奇心，以及想深度接触并理解他者的愿望。与异域文化接触有时会紧张不安，但在这里，我们倾听着自然真切的话语，一种亲近彼此的感动油然而生。或许，克服文化隔阂的"处方笺"，就蕴藏在这样平等的对话之中。

相信巴德里大使在中国的第一个春节，会过得很充实。

（文/任天择　原载于《人民日报海外版》2020年1月24日第8版）

·国家人文地理·

摇曳多姿的现代埃及

埃及,有着璀璨的历史文化与绚丽的民族特色。除了国人耳熟能详的神秘法老、金字塔之外,其实还有一个更为丰富多彩的现代埃及,那里有各种艺术表现形式、精湛的手工制作技艺,以及味道别致的埃式菜肴。立体多元的埃及,在经历了千年雕磨后,正以积极姿态迎接着全球数百万游客到此观光休憩,同时也成为不少当代文学作品的取材地。

多彩的艺术

埃及似乎已成为"神秘与古老"的代名词,但在不少年轻人的眼中,现代埃及是世界音乐潮流的中心之一。每年有无数来自全球的音乐爱好者,为了感受音乐的美丽,不远万里来到埃及的埃尔古纳——一个红海海滨小镇。在埃尔古纳,有埃及最大的音乐节——"沙盒"音乐节,每年都有不少流行乐、摇滚乐和独立乐队在此"秀技"。在热带沙滩的夜晚,徐徐海风,伴随音乐阵阵,游客在沙滩上与左右相邻的家人、好友甚至陌生人翩翩起舞、亲密聚会。一年一度的埃尔古纳"沙盒"音乐节为期3天,每年会有

埃及南部城市阿斯旺，尼罗河上的三角桅帆船　张一夫/摄

超过70个音乐表演者登台演出，为音乐爱好者献上一场音乐视听盛宴。

精湛的手工

若想带着古埃及的历史一同回家，选购几张心仪的莎草纸画应是最好的选择。莎草纸是古埃及人广泛使用的书写、绘画载体，用生长于尼罗河三角洲的纸莎草茎制成。据传，古埃及人将莎草纸称为"法老的财产"，法老对莎草纸的生产有垄断权，可见莎草纸的珍贵。古埃及人生产莎草纸并用于记录的历史可以追溯到公元前3000年，然后渐渐将埃及特产和制作工艺传播到欧洲等地，英语"paper"（纸）一词便源于古埃及的莎草纸。

莎草纸只是埃及精湛手工制作技艺的一个缩影。随着科学技术的发展，先进制作工具为埃及人民高超的艺术造诣提供了更多艺术表达的渠道。走在埃及的街头，不难发现埃及街边的橱窗里都会售卖各色精美的金银饰品。

这些金银饰品多为纯手工打造，样式仿照古埃及的风格，并加以现代工艺的处理，深受游客们喜爱。商家们还可以根据游客需求，在饰品上雕刻古埃及的图案与符号，或是将游客的名字翻译成古埃及文字雕刻在饰品上，既富有纪念意义，又具有收藏价值。

独特的味道

埃及地跨欧亚非三洲，同时又是三大洲的交通要塞，处于大西洋与印度洋之间的交通要道，是无数商人、水手往返于不同大洲之间的必经之地，每年都有无数来自世界各地的人在此停留、整装休息。因此，埃及的菜色广纳世界各家菜肴之优点，却又独成一派。

最受埃及人民喜爱的是一种叫作库莎丽（Kushari）的美食，号称埃及的"国菜"。这道菜先将通心粉、面条、米饭和黑扁豆混合烹制，并在菜的最上层铺上炸洋葱，最后用少许番茄酱淋在顶层。单从这一道菜便能看出地处交通枢纽的埃及混合了多地文化，通心粉和面条深受意大利影响，而炸洋葱和米饭则应该是印度的特色了。

除此之外，还有一种叫作梅扎（Mezze）的开胃菜品，它有点类似西班牙的塔帕斯（Tapas），通常是一小碗或者小盘的开胃菜肴，但如果想多点几道梅扎当作正餐也是可以的。事实上梅扎也并非严格意义上的埃及"本邦菜"，它的烹制方式来自土耳其和黎凡特。埃及有众多风味混搭的菜品，即便是来自遥远国度的游客，在埃及也可以满足他的家乡胃。这些混搭的菜品彰显了埃及文化的多样性与包容性，也展现给世人一个多姿多彩又不失其独特韵味的埃及。

（文/陆宁远　原载于《人民日报海外版》2020年1月24日第8版）

· 国家人文地理 ·

埃及，不只有金字塔

2019年4月，我踏上了寻找古埃及文明的旅程。近一个月的时间里，我在开罗郊外的金字塔和狮身人面像下感受古埃及历史；也乘尼罗河邮轮随走随停观摩神庙文化和信仰；还乘车在高速公路上展望景观壮阔的红海和撒哈拉。

4月的开罗温度宜人，适合旅游。顺着沙漠公路向西南去，就到了举世闻名的胡夫金字塔。在雄伟的金字塔前，我体会了一把"外国人"的待遇：当地年龄相仿的埃及朋友好奇地观察着我，后来干脆排着队与我合影留念。

尼罗河是埃及母亲河，当地人相信这是一个神赐的、能给予他们世间万物的河。乘着邮轮逆流而上，沿河城镇的美食令人"食指大动"，不远处的神庙笼罩着一层神秘光芒。掌舵的小哥不会说英语，却十分热情，主动提出为乘客拍照。

最难忘的，还是最后的红海之行。行驶在高速公路上，左手边是一望无际的撒哈拉沙漠，右手边就是水天一色的红海。红海水深，却清澈见底。沙滩上的游客很多，各种肤色的人聚集在这里，或浮潜、或晒日光浴、或

一名少年骑着骆驼从胡夫金字塔前经过　张一夫／摄

喂海鸥、或在海风吹拂下满足地吞下巨大的龙虾仔和当地的特色烤馍，闲聊中日头就已偏西，直到落入海的尽头，将海水染成金红色。一天时光就这样不知不觉悄悄溜走。

我想向所有人推荐这个古老的国度，埃及不只有金字塔，还有无垠的沙漠，瑰丽的红海，悠久的文化，以及热情的埃及朋友。

（文／任天择　原载于《人民日报海外版》2020年1月24日第8版）

埃塞俄比亚
Ethiopia

我/在/中/国/当/大/使

埃塞俄比亚哈莫尔族女子(埃塞俄比亚驻华大使馆供图)

"期待埃中关系更上一层楼"

——访埃塞俄比亚驻华大使特肖梅·托加

埃塞俄比亚驻华大使特肖梅·托加　谢明／摄

我在中国当大使

> 埃塞俄比亚驻华大使特肖梅·托加对于抗疫国际合作的重要性深有感悟。近日在接受人民日报海外网采访时，托加表达了对中国全力支持全球抗疫合作的赞赏，并对推动埃中关系更上一层楼满怀期待。

对中国战胜疫情充满信心

2008年北京奥运会期间的首次访华之旅，打开了特肖梅·托加认识中国的大门。此后，新闻里、书籍中，关于中国的一切进入了托加的"认知雷达"。埃中都有数千年文明史、两国都在反殖民斗争中捍卫了国家独立、埃塞俄比亚航空公司已开航中国40余年……对两国"联结点"了解越多，托加对中国的亲近感就越强。

2019年到中国当大使后，托加终于实现了在960多万平方公里土地上"走一走、看一看"的愿望。不过，2020年新冠肺炎疫情延缓了托加遍访中国的脚步，也让他意外遇到了"外交生涯的最大挑战"。托加说，湖北有300多名埃塞俄比亚留学生，疫情发生后留学生们"打爆"了使馆电话，使馆24小时超负荷运转。"疫情初期，人们对新冠病毒知之甚少，对该做什么、不该做什么也不清楚，大家都很焦虑。"

关键时刻，中国各地相继启动一级响应，这些让托加看到了中国抗击疫情的决心。托加谈起一个触动他的细节。2月他在一次因公外出时发现，北京平时车水马龙的街道行人寥寥，往常开车要一个半小时的路程只用了20分钟。"这充分说明中国人严格遵守防疫规定，如此高度自律的精神从全世界来看都是罕见的。"

正是目睹了中国全民抗疫艰苦卓绝的努力，托加对中国战胜疫情充满信心。他不仅自己居家隔离，也号召埃塞俄比亚在华留学生严守防疫规定。"我不认为防疫措施侵犯了自由，这是保护自己和他人的最好方法。"托加高兴地说，"最后人们都是安全的，在华埃塞俄比亚留学生无一人染疫，留学生们的生活也在重启。"

"任何人都不能干扰中非合作"

托加亲历了波澜壮阔的中国抗疫，也见证了埃中携手抗疫的患难之情。

四川成都是托加喜爱的中国西南部城市，如今在许多埃塞俄比亚人心中有了特殊意义。当疫情袭击埃塞俄比亚的危急时刻，一支来自四川的中国医疗专家组从成都启程，不远万里送去抗疫物资和经验。中国专家深入埃塞俄比亚抗疫一线，实地探访定点医院、同当地医疗人员深入交流、提供防控措施建议。在埃塞俄比亚人心中，无论是解燃眉之急的抗疫物资还是雪中送炭的抗疫经验，都有一个共同名字叫"中国"。"在困难时刻相互支持，这才叫朋友。埃塞俄比亚人为中国人的友谊深深感动。"托加说。

更让托加振奋的是，中国在非盟总部所在地、埃塞俄比亚首都亚的斯亚贝巴援建的非洲疾控中心总部，将提前于年内开工。非洲疾控中心总部建成后，会成为非洲大陆拥有现代化办公和实验条件、设施完善的第一所全非疾控中心。托加说："疫情让人们认识到医疗基础设施建设的极端重要性，非常感谢中国的帮助和支持。"

非洲疾控中心总部项目是中非友好合作的又一典范。2020年恰逢中非合作论坛成立20周年。20年来，中非合作在非洲大地上留下了一个个鲜明足迹：分别超过 6000 公里的铁路和公路，20 个港口，80 多个大型电力设施，130 多个医疗设施，45 座体育馆，170 多所学校……中国人民和非洲人民携手走出了一条特色鲜明的合作共赢之路。托加表示："只要中非双方坚定信念，就没有任何人能干扰中非合作。不仅非洲在和中国合作，全世界都在和中国合作，没有国家能拒绝中国这样的合作伙伴。"

在中国帮助下实现"卫星梦"

对"后疫情时代"的埃中合作，托加有更大期待。

中国疫情防控形势好转后，托加就迫不及待奔赴浙江、上海等地寻找合作机遇。"疫情后恢复经济的唯一办法就是加强合作，扩大相互贸易和投资，盼望两国关系更上一层楼。"托加说。

与中国合作，深嵌于埃塞俄比亚国家发展进程中。首次访华以来的 10 余年间，托加亲眼目睹了中国的蓬勃发展，"埃塞俄比亚虽然和中国经济体量不同，但我们希望能像中国一样创造经济发展奇迹"。拥有过亿人口的劳动力成本优势、政府大力吸引外资、兴建工业园区，埃塞俄比亚具备经济飞跃发展的潜质。

托加表示，10 多年来，埃塞俄比亚保持了两位数的经济增速。目前埃塞俄比亚正在积极推动一系列改革，例如 2020 年出台的投资新规采取了负面清单模式，向外国投资者开放新投资领域。"中国企业在埃塞俄比亚的投资总额已达 40 亿美元，主要集中于基建、医药等领域。疫情过后，希望吸引更多中国投资者赴埃投资农业、旅游业等更广泛领域。"托加说。

与中国的经贸合作，为埃塞俄比亚带来新的经济增长点和就业；与中国的科技合作，助力埃塞俄比亚实现科技更新迭代。2019 年底，由中国支持的埃塞俄比亚首颗卫星发射升空，是埃塞俄比亚的一件大喜事。卫星发射当天，人们凌晨相聚观看实况转播。在中国，托加在太原卫星发射中心现场见证了埃塞俄比亚迈向太空的历史性时刻。回想起来，托加依然兴奋不已，"那是我第一次在现场观看卫星发射，十分震撼人心！"

托加表示，过去埃塞俄比亚只能从其他国家高价购买卫星数据和卫星图像，拥有属于自己的卫星是埃方长久以来的梦想。正是在中国的帮助下，埃塞俄比亚才圆了"卫星梦"。"我们很高兴看到中国不断取得科技进步，并且愿意与非洲朋友们分享技术。"

（文/毛莉 吴正丹 原载于《人民日报海外版》2020年8月10日第8版）

· 大使说 ·

这五十年,埃中并肩走过

2020年是人类历史上关键的一年,人们生活的方方面面都受到新冠肺炎疫情的影响。疫情检验了各国政府、各国人民之间的关系,全球团结在今天比以往任何时候都更加重要。中国在抗疫上已经取得重大成果,目前在全球抗疫斗争中处于最前沿。

埃塞俄比亚与中国的友谊经受住了疫情考验,两国之间的多方面合作显示出增长势头,公共卫生合作打开了更多窗口。疫情发生以来,两国领导人之间相互支持、中国政府向埃塞俄比亚派遣抗疫医疗专家组、中国社会各界向埃塞俄比亚慷慨提供抗疫物资援助,都体现了埃中关系的深度和广度。

2017年,埃中关系提升为全面战略合作伙伴关系。这种伙伴关系涵盖所有领域的务实合作,取得了丰硕成果。中国是埃塞俄比亚的主要投资来源、贸易伙伴、发展伙伴。埃塞俄比亚愿保持当前埃中关系良好发展势头,并决心进一步加强双方牢固的伙伴关系。

成立于2000年的中非合作论坛是埃中关系发展的主要平台,埃塞俄

埃塞俄比亚红狐狸（埃塞俄比亚驻华大使馆供图）

比亚一直是中非合作论坛活跃的成员国。根据中非合作论坛和"一带一路"倡议，埃塞俄比亚正在受惠于中国工业和科技的发展。中国企业在加强埃塞俄比亚的投资合作、基础设施建设和工业化方面发挥着关键作用。中国企业的投资正在创造就业机会、为埃塞俄比亚的经济增长和经济转型做出积极贡献。除了强韧的双边伙伴关系外，中非合作论坛和"一带一路"倡议将继续成为埃中关系的基石。

埃中关系的发展，不仅带来了两国在政治、经济、社会等各领域的丰硕合作成果，也让我们对打造人类命运共同体充满信心。发展对华关系始终是埃塞俄比亚外交政策最重要的组成部分之一，我们将基于互信互惠的原则继续呵护两国友谊。借此机会，衷心感谢中国政府和人民为埃塞俄比亚发展提供的宝贵支持。

  2020年是埃中建交50周年。站在新的历史起点上，两国关系的发展将继续增进两国人民福祉。在双方共同努力下，相信埃中关系发展将取得更大成就，尤其是密切的经贸合作将推动两国伙伴关系再创新高。

（文/埃塞俄比亚驻华大使特肖梅·托加　原载于《人民日报海外版》2020年8月10日第8版）

· 采访手记 ·

大使现场教 3000 年古文字

拥有延续 3000 年文明的古国、非洲大陆唯一未被殖民的国家、阿拉比卡咖啡的故乡、顶级长跑运动员的摇篮……埃塞俄比亚，这颗地处非洲之角的"明珠"，有太多值得探寻的故事。通过《我在中国当大使》栏目组探访埃驻华大使馆的镜头，埃塞俄比亚的往昔与今日一幕幕展现。

首先迎接我们的，是香气四溢的埃塞俄比亚咖啡。酸中带着些许清新柑橘味，一杯独特的埃塞俄比亚咖啡浓缩了令埃塞俄比亚人骄傲的文化与传统。相传，咖啡由埃塞俄比亚咖法地区的牧羊人最先发现，咖啡的名字也由咖法演变而来。一日煮 3 次咖啡，早已融入埃塞俄比亚家庭的日常生活中。从烤咖啡豆到煮咖啡，"咖啡仪式"成为埃塞俄比亚人生活中不可或缺的传统。

一杯咖啡带我们走进埃塞俄比亚人的生活，使馆会客厅里一幅阿姆哈拉语字母表引领我们触摸埃塞俄比亚的历史。埃塞俄比亚曾享有与中国、罗马、波斯并称古代四大帝国的辉煌，也经历过改革的阵痛。穿越 3000 年的兴衰荣辱，阿姆哈拉语是埃塞俄比亚的文化根脉。

矗立在阿克苏姆的巨型方尖碑(埃塞俄比亚驻华大使馆供图)

埃塞俄比亚驻华大使特肖梅·托加见我们对阿姆哈拉语字母表好奇,便一字一句教我们朗读起来:"哈""呼""嘿"……托加大使自豪地说,阿姆哈拉语是埃塞俄比亚悠久历史与深厚文明积淀的标志,独特的文字成就了独特的国家。阿姆哈拉语不是尘封于博物馆里的"古董",今天依然以强劲的活力跃动于埃塞俄比亚人的生活中。

说起埃塞俄比亚的历史文化传统,原本略显严肃的托加大使打开了"话匣子",开起了玩笑:"你们想变年轻吗?到埃塞俄比亚去吧!"大使这句玩笑话背后大有文章。原来，埃塞俄比亚不仅有古文字，还有独特的历法。在埃塞俄比亚，有一句流传甚广的口头禅——13个月的阳光。按照埃塞俄比亚历法，一年分为13个月，而且比国际上普遍使用的公历晚7年8个月。

一杯咖啡、一幅字母表、一本历法，见证了埃塞俄比亚的数千年文明，也让同为辉煌中华文明自豪的中国网友产生情感共鸣。栏目组在海外网推出的短视频《来挑战！读一读埃塞俄比亚3000年古文字》引发网友纷纷热议，"我的手机输入法里有这种文字""来看大使现场教学""对埃塞俄比亚感觉很不错"……

（文/毛莉　赵壹晨　原载于《人民日报海外版》2020年8月10日第8版）

·国家人文地理·

一个《荷马史诗》中的神奇乐园

在希腊文学巨著《荷马史诗》中,埃塞俄比亚是普通人类无法到达的遥远之地,是希腊诸神举行宴会的乐园。

埃塞俄比亚在非洲之角的中心,位于红海西南的东非高原。埃塞俄比亚平均海拔近 3000 米,被称为"非洲屋脊"。由于境内多湖泊、河流,埃塞俄比亚又有"东非水塔"的称号。

这里被认为是人类的摇篮。1974 年,一具完整的古人类化石标本在埃塞俄比亚被发现,并被命名为"露西"。据考证,"露西"生活的年代是 320 万年前,被认为属于第一批直立行走的人类,是目前所知的人类最早祖先。"露西"的发现,是世界古生物学的里程碑,她甚至被认为是"人类之母"。到埃塞俄比亚,绝对不能错过到国家博物馆一睹"露西"真容的机会。

这里有绵延 3000 年的文明。如果要追寻埃塞俄比亚古文明的辉煌,阿克苏姆是无法绕过的一站。公元 4 至 6 世纪,阿克苏姆王国的国力达到鼎盛,其疆域延伸至今天的也门、沙特阿拉伯南部地区以及索马里,由此

1978年入选世界文化遗产的拉利贝拉岩石教堂有"非洲奇迹"之称（埃塞俄比亚驻华大使馆供图）

成为横跨亚非两大洲的帝国。依然矗立在阿克苏姆的巨型方尖碑，向世人诉说着这个帝国往昔的辉煌。方尖碑由整块花岗岩雕刻而成，有门有窗的雕纹形似现代的高楼大厦。在埃塞俄比亚人心中，方尖碑是埃塞俄比亚文明的象征。

这里有丰富的文化与自然遗产。埃塞俄比亚入选联合国教科文组织世界遗产的数量，遥遥领先于大多数非洲国家。1978年入选世界文化遗产

的拉利贝拉岩石教堂有"非洲奇迹"之称,是人们在海拔 2000 多米的高原上耗费几十年时间,在岩石上一点点凿出来的 11 座教堂,被称为公元 12—13 世纪基督教文明在埃塞俄比亚繁荣发展的非凡产物。同年入选世界自然遗产的塞米恩国家公园,是世界上最壮丽的自然景观之一,峰峦迭起的山峰、幽深的峡谷和陡峭的悬崖,是珍稀动物杰拉达狒狒、塞米恩狐狸和瓦利亚野生山羊的栖身之处。

神奇的埃塞俄比亚,蕴藏太多惊喜,静候来客探寻。

(文/赵壹晨　原载于《人民日报海外版》2020 年 8 月 10 日第 8 版)

希腊
Greece

我/在/中/国/当/大/使

雅典卫城帕特农神庙 牛宁/摄

"一带一路合作发展令人惊喜"
——访希腊驻华大使乔治·伊利奥普洛斯

希腊驻华大使乔治·伊利奥普洛斯（希腊驻华大使馆供图）

我在中国当大使

> 两千多年前，古代中国、古代希腊的文明之光在亚欧大陆两端交相辉映。两个古老文明如今在新时代迸发澎湃活力。站在历史的新起点上，希腊驻华大使乔治·伊利奥普洛斯带着推动两国关系进一步发展的使命来到中国。他近日接受人民日报海外网专访，分享了他初识中国的体验，也表达了对两国关系进一步发展的期待。

在困难时刻相向而行

2019年12月初，乔治·伊利奥普洛斯正式开启了驻华大使生涯。然而，随后出现的新冠肺炎疫情打乱了他的计划。伊利奥普洛斯说："疫情发生以来，我一直待在北京，许多在中国走一走、看一看的计划未成行。"

但是，疫情如同一面棱镜，让伊利奥普洛斯"足不出户"就看到了蕴藏在中国社会的巨大力量。"给我留下最深印象的是中国人在应对疫情时表现出的高度责任感和纪律性。"他说，"在公共场合，中国人坚持佩戴口罩，自觉遵守政府要求，保持社交距离，这些对于成功抗疫起到了重要作用。"

同时，伊利奥普洛斯也在一线切身感受到了两国关系在防疫合作下的持续升温。他介绍说，在抗击疫情的过程中，希中两国密切合作，共享疫情信息，交流科学数据。中国及时向希腊伸出援手，是希腊医护设备的主要提供者。

在伊利奥普洛斯看来,两国在困难时刻的相向而行,有一种同为文明古国的默契。"如今,希腊和中国都已经成功地控制住了疫情。通过隔离和保持社交距离,共同做出了应对疫情的示范。"伊利奥普洛斯指出,"我认为,两国防疫的成功与我们的历史观有关:两国历史悠久,文明绵长,这给了我们一种'集体生存感'。中国和希腊都珍视生命、尊重长者,在面对威胁时,我们都能迅速、有效地做出应对。"

成为国博复工的首批游客

"现在是时候向前看了,我们要思考如何全面回归日常生活。"谈及疫情之后的打算,伊利奥普洛斯充满期待。他想要弥补防疫期间无法出行的遗憾,到广袤的中国大地走一走。"作为希腊在中国的代表,到访各个省市,近距离接触当地的风土人情、文化历史,可以加深对这个国家的理解。"

实际上,伊利奥普洛斯是国家博物馆和故宫博物院复工后接待的第一批游客,"故宫一开门,我就迫不及待去参观了"。在国家博物馆,伊利奥普洛斯及夫人被精美的陶器吸引,并惊喜地发现其中的一些展品与古希腊的陶器非常相像。"这样近距离观察两大文明相似之处的体验令人着迷。"伊利奥普洛斯说。

"云游博物馆"在中国火了起来,伊利奥普洛斯也是参与者。尽管更倾向于现场观展等传统形式,他仍然看到了两大文明古国在这一新兴领域的巨大合作空间:"未来,线上数字化展览将变得越发重要。中国在这方面一直很先进,希腊也取得了不小的进展。两国在相关领域,如文物数字化、影音制作等方面,有着巨大的合作潜力。"

文博合作外,两国文化交往有着更为宏大的愿景。伊利奥普洛斯介绍说,明年是"希中文化旅游年",选定在2021年举办这一盛事,体现了两大文明古国对文化交往的重视。"2021年是具有特别意义的一年。它是希腊独立战争胜利200周年,也是中国共产党建党100周年。一系列活动和展览正在筹划之中,期待着能与中国紧密合作。"

两国经贸合作潜力巨大

放眼未来,伊利奥普洛斯也看到了希中经贸合作的巨大潜力。2020年第一季度,"一带一路"的旗舰项目比雷埃夫斯港在逆境中实现了集装箱吞吐量同比增长3.9%的成绩,给伊利奥普洛斯留下了深刻印象。"危机之中,比雷埃夫斯港这样的合作发展令人惊喜。"他表示,在两国共建的坚实基础上,比雷埃夫斯港近年发展迅速,已经跃居地中海第一、欧洲第四大港,"根据总体规划,新的投资项目准备上马,包括船舶修理区、邮轮码头、购物中心等。"

以比雷埃夫斯港为基点,进一步推动两国经贸合作是伊利奥普洛斯的期待。他说,两国的经济关系不应局限于个别行业,而是第一、第二、第三产业的全面深化合作。"除了基础设施、能源领域,中国投资者在希腊其他领域也有大量投资机会。"

具体到合作领域,伊利奥普洛斯列出了长长的清单——制造业、食品加工、医疗保健、生命科学、制药、旅游地产等。"希腊有着友好的投资环境和融资工具,为潜在的合作项目提供资金支持,中国企业可以在这里施展身手。"

眼下,随着防疫形势的好转,推动经济复苏已成为中希两国的共同目标。伊利奥普洛斯表示:"双方需要制定共同原则,在普遍使用、公平竞争、对等的基础上,提出通用的应对方法。"

(文/张六陆 原载于《人民日报海外版》2020年7月17日第8版)

· 大使说 ·

雅典和北京紧密相连

2022年是希中建交50周年。2021年的秋天,圣火点燃仪式将在古奥林匹亚举行,奥运会回归中国,两国也将"重聚"。2021年对于希腊和中国来说是重要的一年:对中国来说,2021年是中国共产党成立100周年;对希腊而言,2021年是希腊民族革命200周年,这场革命孕育了现代希腊——这一欧洲最古老的民族国家的诞生。为庆祝两国的文化,希腊和中国还将在2021年举办"希中文化旅游年"。

把目光放得更长远一些,2022年北京冬奥会无疑将是希中双边关系中极具标志意义的事件,正如在2004年雅典奥运会后,雅典和北京为举办2008年北京奥运会而紧密合作一样。在"后疫情时代",我们诸多的价值观念是与古代奥林匹克精神联系在一起的,即高尚的竞争、实现身心健康、紧密合作等。就这一方面来说,推广奥林匹克文化和奥林匹克教育具有重要意义。随着我们的经济、社会、公共卫生系统遭受新冠肺炎疫情蔓延带来的可怕后果,奥运会等活动在促成社会共识方面的重要性日益明显。

北京即将与雅典一样,成为举办过两届奥运会的城市。2022年北京冬奥会将为我们提供一个重新认识彼此的机会。我们希望借此机会在中国展示新的国家形象：一个有韧性、更富强、有新动力再次为世界做出贡献的希腊！

在希腊语和汉语中，"危机"一词都表示在逆境中的思考与行动。在中国人的思维方式里，"危机"既有"危险"，也包含"机遇"，通过正确判断和行动，可以实现"化危为机"。希腊人对此有着相近的解读。在希腊语中，"危机"与"实践智慧"（或"慎重"）意涵相近，表示一种与实际行动相关的智慧。对于两大文明而言，任何危机都蕴藏着机遇。

希腊和中国携手挖掘更多合作的可能，将造福两国人民和世界。在经济领域，两国可以在运输、基建、能源、旅游、房地产、农业、健康卫生等领域开展合作，这些都列入了《中国—希腊重要领域三年合作计划（2020—2022）》。还有很多在"一带一路"谅解备忘录里标明但仍有待开发的合作领域，如教育、文化等。在教育领域，希腊将进一步开放高等公共教育体系，我们希望能有越来越多的中国学生到希腊留学。在创新领域，中国企业可以在希腊享受新的、更有力的激励措施，比如影视作品的返现比由35%上调至40%。

尽管新冠肺炎疫情突然来临，但今年上半年仍为希中两国提供了大量的双边合作机会。让我们一起为之努力！

（文/希腊驻华大使乔治·伊利奥普洛斯　原载于《人民日报海外版》2020年7月17日第8版）

· 采访手记 ·

"穿越"千年 约见古国

希腊与我们相隔虽远,却似乎并不陌生。碧波荡漾的爱琴海泛着湛蓝色光芒,"言必称希腊"的辉煌成就震古烁今,希腊神话传说和英雄故事耳熟能详,更不必说中国学生在数学课上一定会学到的希腊字母。

走进希腊驻华大使馆正厅,只见一座座曾在历史读物上见过的人物雕塑,或健美俊逸,或典雅精致,极易让人产生置身古希腊的"穿越感"。使馆工作人员介绍说,这些雕塑或头像,大多是按照希腊国立考古博物馆藏品等比仿制,给大使馆增添了来自爱琴海的古文明气息。

初见时彼此还略有陌生感,当听说笔者曾去过希腊纳夫普利翁(位于伯罗奔尼撒半岛的一个海港城市)时,大使高兴地说:"那里正是我的故乡!"随后,对话气氛更加轻松活跃,大使也打开了话匣子,追问笔者对希腊印象如何、何时再去,与笔者一起回味纳夫普利翁的美丽风光和悠久历史。

在前往希腊驻华大使馆之前,《我在中国当大使》栏目组就根据两国历史悠久、文化相通这一特点,制定了本期短视频的主题——《α β 正确

希腊科林斯运河（Corinth Canal） 牛 宁/摄

发音？希腊驻华大使教你这样读》。这一想法也得到了希腊驻华大使馆与大使本人的肯定，大使主动提出"可以分享更多关于希腊字母的故事，给你们短视频拍摄取用"。

在轻松的气氛中，大使与栏目组积极互动，不仅顺利完成了短视频的拍摄，还主动分享关于希腊字母的小知识。原来，我们熟悉的β正确发音并不是"beta"（贝塔），而应该是"V-ta"。由于英文中有"beta"一词，且英语国家习惯于在字母A（α）后面跟读字母B（β），因此全世界也都"将错就错"，将β读成了"贝塔"。

聆听大使的讲解，我们感受到的不仅仅是一个个希腊字母发音，而是仿佛来到希腊，抚摸历尽千年沧桑的残垣断壁，回望悠久历史文明，阅读那个热爱思辨与创造的缤纷时代。

（文/牛宁 原载于《人民日报海外版》2020年7月17日第8版）

· 国家人文地理 ·

希腊：三大理由让人着迷

希腊，西方文明的发源地。灿烂的千年历史文化与浪漫的爱琴海风情在此交织。提起希腊，奥林匹斯山上众神的神话、温泉关上空的悲歌早已传遍世界；坐落于全国各地的神庙圣所、爱琴海畔蓝白相间的建筑也令无数游客向往。丰富的历史建筑群、辉煌的文艺巨作、本土的特色美味……希腊有诸多令人沉醉的理由。

古老建筑历经千年风雨

对于酷爱历史古建筑的游客来说，希腊是他们不可错过的旅行目的地。在希腊所能见到的神庙、剧院等石制建筑多是古希腊时期所造，最早的建筑作品甚至可以追溯到公元前 600 年。经历了千年风雨的洗礼，这些石制建筑仍然屹立于希腊的各个城市，吸引着海内外学者和游客。而在众多古希腊建筑中，雅典卫城古建筑群尤为著名。

雅典卫城，是最著名的卫城之一，主要由平顶岩构成，屹立于海拔

希腊圣托里尼海边　牛　宁/摄

150米的山丘之上。帕特农神庙，宛如山丘顶上的一尊王冠，加冕于卫城正中央。经历了千年风雨的岩石，在阳光照射下反射出金黄耀眼的光芒。传闻上古时期，女神雅典娜与海神波塞冬为雅典这座新兴城市的归属权争得不可开交。宙斯裁定，谁能给人类一件最有用的东西便能获得城市。波塞冬变出一匹战马，而雅典娜变出了一棵象征着和平与丰收的橄榄树。人们欢呼着欢迎雅典娜成为城市的守护神，并以她的名字命名这座城市，雅典卫城因此得名。

多彩神话故事流传后世

说到西方神话故事，普罗米修斯舍身窃火、蛇发女妖美杜莎等故事被不少人熟知，而这些故事都源自古希腊。古希腊的文人墨客和能工巧匠们，把众口相传的故事编撰成一本本史诗，将心目中众神的模样雕刻在大理石上。古时的人们，没有今日的科学技术，有太多以当时的科学发现无法解释的事件发生。就这样，古希腊人凭借着丰富的想象力与创造力，为后世留下了一个个精彩的神话故事。

而这些神话故事的背后，都一定程度地反映出当时希腊社会的人文风貌与政治环境，为历史学家们的研究提供了宝贵资料。同时，这些神话故事也为后世留下了一笔宝贵的文化财富，不少影视作品皆取材于此，比如日本动漫作品《圣斗士星矢》就是以古希腊神话为背景题材。若有机会前往希腊，不妨在旅途中读上几篇希腊神话故事，这样在仰望高耸入云的奥林匹斯山时，更能感受非同寻常的神奇魅力。

特色美味吸引全球食客

在希腊，游客甚至可以品尝到源自公元前的美味，索维拉齐（Souvlaki）便是其中之一。索维拉齐并不是餐桌上的主菜，登不上那些奢华餐馆的菜单。若是想品尝这道源于公元前 2000 年的美味，则要深入到希腊的巷子里，在众多不起眼的快餐店里觅其行踪。索维拉齐与中国街头的烧烤颇为相似，用竹签或者是木签将小块的肉块串起，并放于炭火上炙烤。索维拉齐可选用猪肉、鸡肉、牛肉、羊肉、鱼肉等。若是为了健康着想，希腊人还会在肉块之间串上些寻常蔬菜，以消除油腻、促进消化。本

俯瞰希腊雅典卫城　牛　宁／摄

地人在食用时，通常还会在盘中配上皮塔饼、炸土豆、柠檬和一些调味料，然后再加上产于希腊本土的奶酪等。这样，一道希腊烤肉串——索维拉齐便制作完成了。

除了希腊特色烤肉串，希腊本土还流行一道名叫"马依雷斯塔"（Mayirefta）的炖菜。当地人为烹制这道美味，通常提前很长时间准备，将食材在锅中烹制完毕后，会留在锅中等待食材冷却，为的是让食材更好入味。这道菜肴的制作方式要求严格，但是食材不会拘泥于寥寥几种。希腊人喜欢用茄子、肉末、土豆和芝士一同烹制，或是将米和香料塞进蔬菜中一同炖煮。除此之外，将番茄、洋葱与肉一同下锅，或是用柠檬、橙子与肉等一起煮，都可以烹制出美味的希腊炖菜。无论是炖煮还是炙烤，希腊菜肴以其独特风味，迎接着来自全球的食客。

（文／陆宁远　原载于《人民日报海外版》2020年7月17日第8版）

印度尼西亚

Indonesia

我/在/中/国/当/大/使

在雅加达独立广场表演的孩子们　马　勇／摄

朋友圈里有中国餐馆小哥
——访印度尼西亚驻华大使周浩黎

印度尼西亚驻华大使周浩黎（印尼驻华大使馆供图）

我在中国当大使

"大家好！我到中国已经一年了，我的中文名字叫周浩黎。我希望能认识和接触更多中国人，走访更多中国城市。谢谢！"印度尼西亚驻华大使周浩黎面带微笑，间或张开双手，说到"周浩黎""谢谢"等中文词时会特意提高音量、放缓语速。

近日在接受人民日报海外网采访时，这样一番简短开场白让人感受到印尼驻华大使洋溢的热情。自称祖辈或许有福建血统的周浩黎1999年就来过中国，近20年后以驻华大使身份再度来华后，周浩黎更是用最大的热情体验普通中国人的生活，和普通中国人交朋友，每一天都过得多姿多彩。

第一件事是体验高铁

"我多年前在俄罗斯当大使时，就有大使朋友告诉我到中国一定要体验下京沪高铁。"周浩黎说，因此他来中国当大使后做的第一件事就是乘坐京沪高铁。而乘坐体验果然让周浩黎十分赞叹，"高铁的速度高达每小时300千米，从北京出发，仅仅5个小时之后就到了上海！"

周浩黎从此变为一名"高铁粉"。周浩黎说，与1999年他第一次来中国时旅行只能坐飞机不同，今天无论到中国任何城市，甚至一些小城市，高铁都无所不达，"我还坐高铁去过宁波、福州，现在我打算坐高铁去香港"。

周浩黎表示，高铁极大地提高了中国各地之间的互联互通程度，而互联互通也是印尼想要达到的目标。"我们希望通过便利的交通方式将印尼各地的人们紧密联系在一起。所以，我们也开始努力建造高铁。"

而高铁项目正是中国和印度尼西亚合作的重要内容。雅万高铁是"一带一路"倡议的标志性工程，也是中国高铁全系统、全要素、全生产链走出国门的"第一单"。2019年5月，雅万高铁全线首条隧道——瓦利尼隧道贯通。周浩黎说："印尼人民都盼望着这一工程早日竣工。"

喜欢打卡"网红"景点

到中国当大使一年来，周浩黎不仅走访了中国20个城市，而且和很多中国人一样爱打卡"网红"景点。

在桂林，拍一张20元人民币背景山水图和"本尊"的合影；在广州，和标志性"小蛮腰"来个自拍照九连拍……周浩黎喜欢给这一张张照片配上各种音效，精心制作为电子相册，并且一定会在社交媒体上"晒一晒"。

在遍赏中国美景的同时，周浩黎还感受到了中国人民的热情。"尽管存在语言障碍，但无论我到哪个城市，不管是大都市还是西南小城，都受到了中国人民真诚的欢迎，甚至有些餐馆老板还会给我免单。"讲到此处，周浩黎特意说明，"他们事先并不知道我的身份。这种受到中国人民欢迎的幸福感是难以言表的，中国人有温暖、开放的心。"

短短一年间，周浩黎就交到了很多中国朋友，他的微信朋友圈加了各行各业的中国人，有小卖店老板、有机场工作人员，还有小餐馆服务员。中国朋友们不仅节假日会给周浩黎发来祝福，还经常会和他分享生活中一些美好的事。周浩黎也会"投桃报李"，携家人制作拜年表情包发送给中国朋友们。在周浩黎看来，民间层面的友好交往才能筑牢印尼与中国关系的根基。

乐当"大熊猫文化"大使

除了印尼驻华大使,周浩黎身上还有另一个大使头衔——大熊猫文化全球推广大使。2017年,大熊猫"彩陶"和"湖春"从中国四川来到印尼,在印尼掀起了一股"熊猫热"。2018年,当四川方面邀请周浩黎担任"大熊猫文化全球推广大使"时,他立刻欣然同意,"大熊猫总会给人带来欢笑"。为当好这个特殊的大使,周浩黎拍摄了很多大熊猫的照片和视频分享在印尼社交媒体上,"这些照片和视频都受到了大家的欢迎"。

而乐当大熊猫文化全球推广大使,也是周浩黎推动印尼和中国相互了解的一种方式。为两国架起更多合作的桥梁,是周浩黎最大的愿望。周浩黎对中国蓬勃发展的数字经济赞叹不已,而发展数字经济也是印尼当前的重要方向,他希望引进

周浩黎和熊猫合影(印尼驻华大使馆供图)

更多中国企业助力印尼电子商务发展。

2020年是印尼与中国建交70周年,他对两国关系的进一步发展充满期待,"我们一定要为两国友好关系的进一步发展奠定坚实基础,这对于我们两国人民都会有很大益处"。

(文/戴尚昀　原载于2019年6月12日人民日报海外网)

· 采访手记 ·

印尼驻华大使的中国情缘

"今天,我接受了海外网友好的采访,棒极了!"这是印尼驻华大使周浩黎发来的视频开头的字幕,这段精心编辑的1分钟视频,记录了采访时一幕幕精彩瞬间。

6月7日上午,人民日报海外网《我在中国当大使》栏目组一行4人走进印度尼西亚驻华大使馆。远望印尼驻华使馆,只见一座乳白色的二层小楼,外观简单,色彩恬淡,与其他使馆似乎并无二致。走进办公楼,才发现其中别有洞天。走廊、玄关、室内墙壁悬挂着多幅色彩艳丽的油画,走进会客室,桌椅沙发等家具朴实而复古,台面上的花瓶花盆等装饰造型精美、色彩绚烂,充满了东南亚异域风情。

正如使馆内部装饰带给我们的初见感受,与印尼驻华大使的对话,更是让我们感受到浓郁的"南洋热情"。就在我们为采访做前期准备时,周浩黎大使走进会客厅,热情地向我们"推介"印尼咖啡:"虽然我们提供了茶和水,但你们一定要尝尝我们的咖啡。"一席话,迅速拉近了双方的距离。

采访正式开始前,周浩黎大使对海外网蓝绿黄三色标识产生了浓厚的兴趣："这样清新的设计很时尚，很有特色，这是我第一次见到。"说完，他拿起麦克风客串"记者"，开始"采访"起我来。这一意外的举动惹得在场的工作人员一阵捧腹。

随着交流的深入，海外网发现，这位20年前就曾到访中国的大使，不只是心血来潮起个"周浩黎"这样的中文名，而是深谙中华文化，同时对中国的经济、社会等各方面均有了解，

印度尼西亚驻华大使官邸会客厅一角　牛 宁/摄

可以说，他是中国20年发展变化的直接见证者。

20年前，周浩黎大使第一次来华，那时的北京、上海只有少数几座商场，基础设施仍在建设完善中。20年间，他不仅走访了北上广深等大城市，更是深入中西部地区，去到西安、桂林、成都等城市，与当地人交谈、品当地特色小吃，尤其难忘品尝四川火锅的经历；他享受"大熊猫文化全球推广大使"这一身份带来的快乐，诧异于中国高铁300公里每小时的速度，也为街头小店都能扫码支付的便利点赞。20年后，他成为印尼驻华大使，希望把中国发展经验带回印尼，并促进两国关系与合作不断向前推进。

周浩黎感慨地说："中国与印尼拥有上千年的文化交流史，如今在经贸等领域有着紧密的联系。正是基于此，我们才更有勇气、有信心面向未来。"

风趣的语言，热情的态度，为本次采访奠定了"轻松、友好"的基调，双方就像熟识的老友，畅聊对彼此文化的认识，分享有趣的故事。原定40分钟的采访延长了1个小时才在意犹未尽中结束。

　　采访的最后，周浩黎大使开心地展示微信里刚刚收到的粽子表情包。他说，在印尼也有类似的食物，还不忘给我们送上节日祝福。拍摄合影时，大使郑重地告诉我，他对海外网此次采访非常重视，特意换上了印尼特色服装——由印尼特有的蜡染花布巴迪克制成的衬衫，也被印尼人视为"国服"。在印尼有这样一种说法：喜庆时刻如果不穿巴迪克，就不算完美。

　　采访结束仅3小时，周浩黎大使就通过微信发来一组采访现场照片，包括文章开头提到的视频，对海外网的采访表示感谢与肯定。他透露说，不仅要在个人社交平台发布这些采访视频，还要分享给其他国家大使看。说完，还意犹未尽地加了一句："（这段视频）是用华为手机发来的，哈哈哈（I am using Huawei cellphone. Hehehe）。"

（文/牛宁　原载于2019年6月7日人民日报海外网）

· 国家人文地理 ·

印尼保安大叔"点赞"中国电商

"印尼有5S,Sunshine(阳光)、Sea(海)、Sand(沙滩)、Service(服务)、Smile(微笑),希望越来越多中国游客来到印尼!"印度尼西亚驻华大使周浩黎此前在接受海外网《我在中国当大使》栏目组采访时发出热情邀请。

近日,《我在中国当大使》栏目组来到了"千岛之国"印尼首都雅加达。雅加达人的一张张热情笑脸、塞巴岛的阳光碧海白沙、熨帖每一处味蕾的热带香料……印尼独特的风情和魅力,一定会俘获不少中国游客的心。而让中国游客印象更加深刻的,是这个与中国隔海相望的国家与中国之间千丝万缕的联系。

发现印尼"国服"里的中国风

高达137米,顶部用35公斤黄金制作成火炬雕塑的独立纪念碑,是雅加达的地标性建筑。这个保存着印尼开国总统苏加诺1945年8月17日宣布独立原声的纪念碑,也是印尼国家发展史的记录者和展示窗口。在纪念碑的地下博物馆里，51个展示橱窗的微型雕塑和油画无言诉说着印尼从远古至今的历史。其中一个橱窗，特别展示了1405年中国航海家郑和与印尼封建王朝满者伯夷王国建立和平友好关系的故事。

郑和七下西洋，多次驻足爪哇、苏门答腊、加里曼丹等印尼诸岛，带来了精美的中国瓷器与丝绸。这段600多年前两国人民友好交往的历史，今天依然能够在普通印尼人中引发回响。"很多印尼人都知道郑和。"当地导游叶小姐告诉我们，印尼有被荷兰殖民几百年、被日本侵略的惨痛历史；与此形成鲜明对比的是，郑和到印尼来不是为了掠夺和侵略，而是留下了和平与友谊。

伴随这份友谊长存的，还有中华文化对印尼的深远影响。被称为印尼"国服"的巴迪克（Batik），便是印尼文化与中华文化交融的见证。巴迪克是印尼特有的蜡染花布，2009年入选人类非物质文化遗产名录，在印尼享

印尼雅加达夜景俯瞰　毛莉／摄

有十分特殊的地位。印尼人在重要场合会穿巴迪克而不是西装；在每周五的巴迪克日，印尼人更是人人都要穿巴迪克上班。对印尼人来说，巴迪克是世代相传的价值、艺术的象征，图案上的每一笔画都蕴含着深刻的哲理，每款设计都有一个源于印尼宗教、神话传说的故事。

在雅加达的纺织博物馆里，我们不仅看到了种类繁多、花纹千变万化的巴迪克，更惊喜发现了荷

吸纳了中国元素的印尼巴迪克　毛　莉／摄

花、舞狮、祥云、龙纹等大量中国风图案。曾到过中国的博物馆讲解员迪马西说，巴迪克和中国蜡染布在制作技艺方面有所区别，但由于印尼与中国源远流长的文化交流，巴迪克在发展过程中也融入了不少中国元素。比如，巴迪克原本主要是棕色，在中华文化的影响下巴迪克也吸纳了红色。

不仅巴迪克里有中国风，在印尼还很容易与许多中华文化元素不期而遇。在荷兰式"网红"餐厅RUNGAPAMPAI里，随处可见作为装饰品的中国瓷器；在集中展示印尼34个省份不同风土人情的缩影公园，不时播放的背景音乐是邓丽君的《甜蜜蜜》……这点滴细节，折射出中国与印尼悠久人文交流在今天的强劲脉动。

"中国制造"在印尼无所不在

如果说历史人文交流为两国关系铺垫了社会民意基础,那么硕果累累的经贸合作则拉紧了两国利益纽带。

中国已连续 8 年成为印尼最大贸易伙伴;2019 年上半年,中国对印尼直接投资达 22.9 亿美元,接近 2018 年全年水平……在印尼的短短数天,让我们感受到了这组统计数据的现实温度:"中国制造"在印尼人的日常生活中无所不在。

在抵达雅加达苏嘉诺—哈达机场时,首先映入眼帘的就是机场广告屏幕上循环播放的 OPPO 手机广告。导游叶小姐告诉我们,"OPPO、小米、华为等中国智能手机在印尼非常受欢迎"。实际上,中国 ICT 企业不仅为印尼民众提供了更多性价比高的手机选择,更为印尼培养了不少通信领域人才。例如,华为响应佐科总统发展职业教育的号召,2018 年为来自 12 所印尼职高的上千名学生免费提供 ICT 职业培训,为印尼培养自己的站点工程师。

除了 ICT 领域之外,中国电商也融入了印尼民众的日常生活。人口超过 2.6 亿、网络普及率超过 64% 的印尼,提出了 2020 年前成为东南亚地区最大数字经济体的目标。在印尼实现这一目标的进程中,来自中国的投资十分重要。伊斯蒂赫尔大清真寺门口的保安大叔阿斯莫罗得知我们来自中国,热情地同我们打招呼:"我知道阿里巴巴!"在雅加达旅游文化局实习的大学生费碧娜告诉我们,她常常通过 Shoppe 和 Lazada 购物,这两大电商平台分别由腾讯和阿里巴巴控股。中国电商在印尼人生活中的"存在感"由此可见一斑。

中国与印尼合作在电商领域结出的硕果,是两国务实合作不断取得新成就的生动缩影。从传统的基建、资源、通信等领域,迅速向工业制造、数字经济、人工智能、金融创新等新兴领域拓展，两国务实合作新动能和合作新增长点不断涌现。

中国到访印尼游客再创新高

历史文化的深厚渊源、经贸合作的累累硕果，让越来越多中国人产生了到印尼走一走、看一看的浓厚兴趣。无论是在热门的巴厘岛，还是在小众的塞巴岛，随处都能看到成群结队的中国游客。近六年来，中国连年保持印尼主要游客来源国地位，2018年中国到访印尼游客再创新高，达214万人次。

塞巴岛海景一角　毛　莉／摄

而印尼这个拥有17000多个岛屿、300多个民族、700多种语言的国度，的确有太多值得品味的风土人情。在印尼短短数天，给我们留下最深刻印象的不是碧海蓝天繁星、不是丰富浓郁的热带美食、不是车水马龙的城市繁华景象，而是来自陌生人的善意。

当我们漫步在酒店门口一条街边小道，一路上无论是卖早点的小贩、忙碌的建筑工人，还是候车的市民、巡逻的保安，抑或是喝咖啡的老人，都主动朝我们问好；看见我们的镜头，无论男女老少都会大方露出笑脸，配合我们的拍照要求……正如周浩黎大使所说，"微笑"是印尼的一张名片。

而大量中国游客的到来，同样也为印尼人更好了解中国和中国人提供了契机。雅加达历史博物馆的讲解员露露告诉我们，她每天都会接待许多中国游客，中国游客对历史文化的浓厚兴趣让她印象深刻，她很期待明年也到中国的故宫看一看。在雅加达缩影公园里卖纪念品的小老板迪迪正在自学中文，目前已经能够熟练和中国游客讨价还价，他还对中国的京剧、手工艺品很感兴趣，希望未来有机会到中国淘一淘中国手工艺品。

合抱之木，生于毫末；九层之台，起于垒土。两国友好关系不仅是政治互信、经济融合的宏大叙事，更是两国人民之间互动的细节故事。相信随着两国人民直接交往的日益密切，两国人民的心会越走越近。

（文/毛莉　原载于2019年11月22日人民日报海外网）

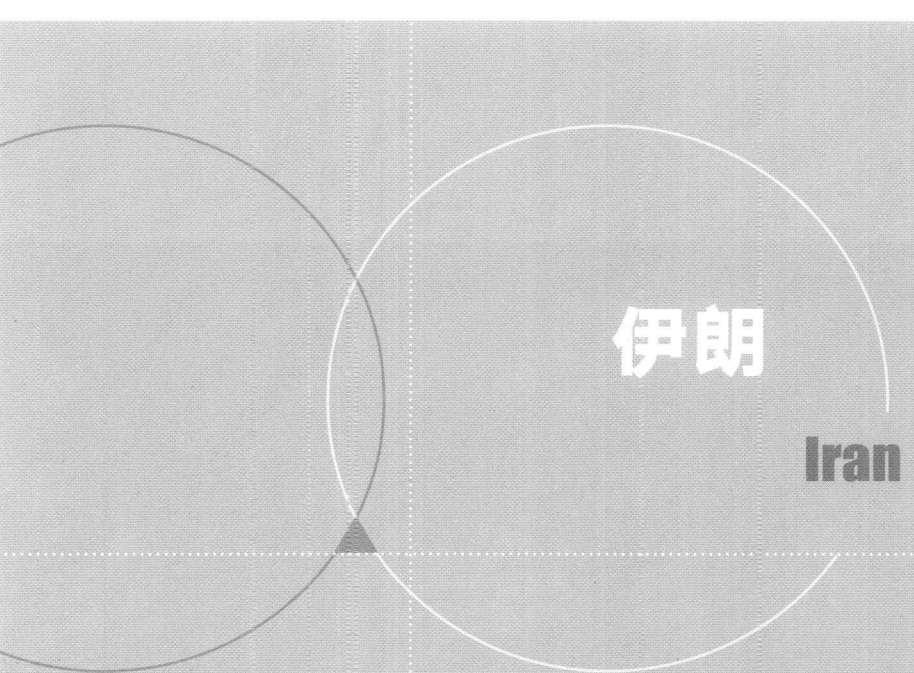

伊朗
Iran

我/在/中/国/当/大/使

伊朗历史文化名城设拉子的莫克清真寺(伊朗驻华大使馆供图)

"中国游客遇到任何困难可以找我"
——访伊朗驻华大使穆罕默德·克沙瓦尔兹扎德

伊朗驻华大使穆罕默德·克沙瓦尔兹扎德　付勇超/摄

我在中国当大使

> 近日，伊朗宣布对中国公民实行单方面免签入境政策引发广泛关注。伊朗驻华大使穆罕默德·克沙瓦尔兹扎德在接受人民日报海外网采访时，多次表达了伊朗对中国游客的欢迎。

"伊朗从北到南都欢迎大家"

"作为伊朗驻华大使，我保证，如果中国游客在伊朗遇到任何困难，可以通报我们，我个人会高度重视并尽快解决！"面对海外网的镜头，克沙瓦尔兹扎德说。

由于长期被西方制裁，加之西方媒体的"污名化"和"妖魔化"报道，人们很容易将伊朗与动荡不安和"核武器"联系起来。事实上，伊朗境内大部分地区在旅行安全方面属于"低危险度"，与大部分欧美国家相当。独特的地理自然环境和灿烂的波斯文明，也赋予了伊朗极为丰富的旅游资源，伊朗共拥有22处世界文化遗产和2处世界自然遗产。

克沙瓦尔兹扎德表示："到伊朗旅游很安全，老百姓生活很稳定，人民很热情。德黑兰、伊斯法罕、大不里士、设拉子、马什哈德，伊朗从北到南都欢迎大家。"

在过去10年中，中国出境市场保持两位数增长，成为全球最大的出境旅游客源国和旅游消费支出国。据伊朗文化和旅游组织统计，2018年3月20日至2019年3月20日，有780万名外国游客造访伊朗，其中中国游客不足10万。分享中国出境游市场的红利，是伊朗对中国公民开放免签的一个重要考量。克沙瓦尔兹扎德表示，伊朗将会竭尽所能为中国旅客提供便利和优惠，提升他们对伊朗之行的满意度。

拉紧伊中文化交流纽带

推动旅游发展，也是消除隔阂和误解、促进民心相知相通的重要途径。将两个文明古国之间的人文纽带拉得更紧，是克沙瓦尔兹扎德的一大心愿。

为了在中国当好大使，克沙瓦尔兹扎德到中国几个月来一直在坚持学习中文。刚见面，克沙瓦尔兹扎德就主动用中文自我介绍一番。谈起伊中之间源远流长的友好往来，克沙瓦尔兹扎德更是打开了"话匣子"。

早在中国西汉时期，中国使者张骞的副使就到访伊朗；中国唐宋时期，许多伊朗人到中国求学行医经商；13世纪，伊朗著名诗人萨迪记录下到中国新疆喀什的难忘游历；15世纪，中国明代郑和7次率领庞大船队远洋航行，其中3次到达伊朗南部的霍尔木兹地区。中国的漆器、陶器以及造纸、冶金、印刷、火药等技术经伊朗传向亚洲最西端乃至欧洲等更远的地方，石榴、葡萄、橄榄以及玻璃、金银器皿等又从伊朗和欧洲等地传入中国。"两国人民通过数千年的古老丝绸之路互相了解，对彼此的文化与历史并不陌生。"克沙瓦尔兹扎德说。

当把目光从历史拉回现实，克沙瓦尔兹扎德高兴地表示，伊朗著名导演马基德·马基迪和中国同行展开了合作；亚洲文明对话大会期间，伊朗国家博物馆参加在中国国家博物馆举办的"大美亚细亚—亚洲文明展"。这都表明"伊中文化交流在进一步加强与发展"。

"一带一路"框架下的合作潜力

挖掘伊中在广泛领域的合作潜力，共建"一带一路"可谓大好机遇。

作为古丝绸之路上的重要两站,中国和伊朗都对振兴这一和平之路、友谊之路、合作之路寄予很高期望。

2016年习近平主席对伊朗进行国事访问时,中伊两国同意将双边关系提升为全面战略伙伴关系,并签署了共同推进"一带一路"建设的合作文件。2016年1月,首列从中国开往中东地区的货运班列从义乌出发,开往德黑兰。此后,西安、长沙、银川、巴彦淖尔、重庆等城市也开通了前往德黑兰的货运班列,为搭建"中国—中亚—西亚经济走廊"铺平了道路。

克沙瓦尔兹扎德表示,"一带一路"为世界经济、文化、政治等领域的全面和平与稳定发展提供了平台。伊朗民众与领导人完全赞同"一带一路"的理念,伊朗"做好了一切准备,为'一带一路'的进一步顺利发展与完善而努力"。

克沙瓦尔兹扎德期待,未来伊中两国可以在"一带一路"框架下进一步拓展合作领域。伊朗"对高新技术方面与中国的合作很感兴趣,也想邀请中方企业参与伊朗的公路、桥梁、水坝等基础设施项目建设,很希望在高铁方面借鉴中国经验"。他同时表示,伊朗在水产品、农产品、食品、工艺品等领域有不少优质产品,希望也能与中国开展合作。"没有任何人或任何国家能够阻止我们两国发展良好关系。"

在采访最后,克沙瓦尔兹扎德谈到了对当前海湾局势的看法。他表示,伊朗不愿意在霍尔木兹海峡和波斯湾加剧紧张局势,伊朗反对美国加剧紧张局势的所作所为。"我们完全做好了准备,与友好国家在此海峡共享安全、和谐与合作。"

(文/毛莉 聂舒翼 原载于《人民日报海外版》2019年8月26日第8版)

· 大使说 ·

中国"生命至上"理念令人动容

"在新冠肺炎疫情特殊背景下召开的中国两会意义非凡。本次两会做出的决策不仅对中国、对地区乃至对整个世界都非常重要。"两会期间,伊朗驻华大使穆罕默德·克沙瓦尔兹扎德在接受人民日报海外网专访时说。

疫情防控是克沙瓦尔兹扎德最关注的两会话题。"过去几个月,世界见证了一场伟大的中国战疫。尽管疫情极其危险,但在中国政府和人民的共同努力下,中国用很短时间控制住了疫情。"克沙瓦尔兹扎德说,他和同事们对中国人民因疫情遭受的影响感同身受,深知中国抗疫成效背后的努力和牺牲,对政府工作报告所说的"十分不易、成之惟艰"很有感触。

克沙瓦尔兹扎德表示,中国抗疫过程中体现的"生命至上"理念令人动容。世界上没有国家不重视经济发展,保持经济增长对中国这个拥有14亿人口的大国来说格外重要。但在疫情面前,中国政府毅然把人民生命安全放在了第一位,愿意为此付出巨大的经济代价,令人十分钦佩。

克沙瓦尔兹扎德注意到,此次两会期间,会场举行了两次默哀仪式。他认为,在两会这样重要的政治场合表达哀思,也体现了"生命至上"。4

月4日清明节，中国举行的全国性哀悼活动给他留下了深刻印象。当天，伊朗驻华大使馆也降半旗志哀。使馆还发布微博说："中国以国之名祭奠新冠肺炎遇难者，让我们看到了中国对个体尊严与生命的尊重与敬畏，也读懂了14亿中国人集体情感释放背后的团结与力量。"

克沙瓦尔兹扎德认为，疫情是人类共同的敌人，单打独斗无法取胜。国际社会应当同心协力、互相帮助。中国分享的抗疫经验为其他国家提供了参考。相信世界各国能取得抗疫的最终胜利。

（文/毛莉 张六陆 原载于《人民日报海外版》2020年5月27日第8版）

· 采访手记 ·

用短视频展现一个鲜活的伊朗

  提到伊朗，你会想到什么？石油和伊斯兰教？还是混乱与冲突？虽然中伊两国已经交往了 2000 多年，但对很多中国人来说，伊朗可能依然是一个"最熟悉的陌生国家"：大部分人都知道伊朗有石油，信仰伊斯兰教，却不知道伊朗不是阿拉伯国家，信奉的也是伊斯兰教中的"少数派"——什叶派；更不用提绝大部分人应该都不知道藏红花的原产地是伊朗，伊朗最高峰也是亚洲最高的死火山。

  通过海外网《我在中国当大使》栏目，寻找中国与世界各国的情感共鸣点，正是题中之义。为了向读者尽可能多角度呈现一个真实的伊朗，尽可能深层次挖掘伊朗驻华大使的中国故事，我们两次到使馆采访。由于《我在中国当大使》栏目的采访日程安排十分密集，两次到同一个使馆采访的情况十分少见。

  通过两次采访，我们拿到了丰富的报道素材。与文字写作可以从更多角度和层面分析问题不同，短视频需要尽量聚焦一个问题，在不到 3 分钟时间内回答观众最关心的问题。恰逢伊朗单方面对中国公民宣布免签的消

波斯花园（伊朗驻华大使馆供图）

息引起热议，我们将短视频主题确定为"人文交流"。

大使在采访现场向使馆工作人员一字一句学习中文，大使郑重表示将确保中国游客安全。使馆工作人员畅谈伊朗民众对中国人"勤劳"的印象，讲解中国丝绸与伊朗工艺结合的波斯地毯……我们敏锐捕捉到这些鲜活的场景，并转化为生动的镜头语言。

结果证明，这期短视频上线后引发积极反响，播放量近20万人次。有网友留言，"其实最近去过的朋友都表示伊朗人很友好"，"非常喜欢伊朗电影，几乎每部都很精彩"，"感谢大使对中国游客的重视"。

可以说，通过短视频等多种传播方式的呈现，《我在中国当大使》让受众真真切切感受到：伊朗，不陌生。

（文／聂舒翼　原载于《人民日报海外版》2019年8月26日第8版）

·国家人文地理·

到"小昭故里"来一场"说走就走"的旅游

见证波斯帝国辉煌的波斯波利斯,打卡"粉红清真寺"的设拉子,寻找金庸小说中"小昭故里"亚兹德……对中国游客免签的伊朗,是人们走进中东绚烂历史文明的便利入口。

波斯文化的杰出典范

伊朗,横连扎格罗斯—兴都库什之山脉,纵接里海—波斯湾之浪潮,这里以雅利安人的土地为名,孕育了灿烂的历史文明与繁荣的现代国家。伊朗是10个入选联合国教科文组织文化遗产最多的国家之一。这其中既包括伊朗里海赫卡尼亚原始森林、卢特沙漠等自然景观,也有舒什塔尔的古代水利系统、波斯坎儿井等人造工程。波斯园林、伊斯法罕星期五清真寺、亚兹德历史城区……这些文化遗产足以让人领略伊朗独特的历史、艺术传承。

赫卡尼亚原始森林沿里海海岸线绵延不断,是一处独特的森林群落。

波斯波利斯建筑群（伊朗驻华大使馆供图）

该地区属于北温带气候，从新生代地质和冰河时代遗留下来，与三叠纪时期有关。森林面积190万公顷，从伊朗吉兰省北部的阿斯塔拉延伸到古洛斯坦省东部的戈利达。这里既有原生植物，也有外来植物，生物多样性丰富。森林中最稀有的树种有乔木、灌木等，还有波斯豹、熊、野山羊、马鹿和各种鸟类。

舒什塔尔的古代水利系统是伊朗乃至全世界最古老的水利工程杰作，它是萨珊王朝统治区的舒什历史区附近建成的一个经济建筑群。这个相互连接的综合体，包括磨机、瀑布、桥梁、水坝、渠道、巨大的水传导隧道和西卡（一个休闲场所），它们协同工作，将卡伦河流的水利配送到舒什的所有地区和周围城市。

波斯园林的主要设计理念突出了对伊甸园及琐罗亚斯德教四大元素——天空、水、大地、植物的象征意象，所有园林都分为四个部分，并且水在园林的灌溉与装饰中发挥了重要作用。所有园林都位于水流沿线，由高墙围绕，包含夏季建筑和一池碧水。这三个特征和独特设计，令波斯园林成为波斯文化的杰出典范。帕萨尔加德花园、设拉子的埃兰花园、伊斯法罕的"四十柱宫花园"……一共有九个波斯园林被列入联合国教科文组织世界遗产。

寻找诗歌和爱情之城

波斯波利斯、苏萨、帕萨尔加德……很多伊朗城市因为古建筑群，也在联合国教科文组织文化遗产名录上留名。比如波斯波利斯巨大的建筑群，位于拉玛特山的西坡上。它始建于公元前512年，历时150年建成，被认为是波斯阿契美尼德王朝的礼仪之都。建筑群的宫殿由万国之门、觐见厅、玉座厅、百柱厅、大流士宫殿、薛西斯宫殿、宝库等几个重要部分组成。这里是伊朗举行新年仪式和春季庆典的场地，也是天文观测台、集会场所以及宗教仪式举行地。

大不里士是伊朗最古老和最大的城市之一，位于萨汉德山的山坡上。这里的大不里士巴扎建筑群是世界上最大的封闭式建筑群，也是世界文化遗产入选地。作为一个城市街区，大不里士巴扎是伊朗巴扎中最重要和最完整的代表。拱门、高穹顶、各种相互连接的砖结构是它的建筑特征，建筑群具有商业、宗教、文化、体育、卫生和居住功能，并包括许多当地和非当地商人的住宅，是伊朗建筑的杰作。此外，大不里士城堡也是大不里

伊朗波斯地毯（伊朗驻华大使馆供图）

士的象征。它连接着丝绸之路沿线的伊朗西部城市和东部城市，被称为"东方之门"。

设拉子被誉为诗歌和爱情之城。瓦基尔集市是这座城市跳动的心脏，主要的经济中心。瓦基尔集市是伊朗最迷人的集市之一，由一个圆顶拱形交叉口和四个彼此垂直的集市构成。不要错过设拉子春天的下午：日落时分，当苦橙的香味弥漫在空气中时，将是游览诗意之城的最佳时刻。集市的工作时间为上午9点至下午5点，但在春季，通常开放至午夜。游客可以从这个集市上购买酸橙汁和糖果作为纪念品，也别忘了找一家老餐厅，品尝当地美食。

波斯地毯曾是国际"硬通货"

伊朗的手工艺品举世闻名。除了在博物馆，游客还可以在各种传统集市中找到它们。伊朗最著名的传统手工艺品包括烫金、雕刻、陶器和地毯。

波斯地毯就像中国丝绸一样，曾是国际上的"硬通货"。阿达比尔、大不里士、卡尚和伊斯法罕等城市是波斯地毯的主要产地。手工编织的地毯有100多万个结，需要一年多时间才能织好。一位专业的波斯地毯编织师一天能织12000节。如果游览德黑兰，不可错过米拉德塔的"一位旅客一个结"地毯。地毯由游客编织而成，每人打一个结，地毯上结了223.3万个结。

波斯地毯不仅贵在人工，染料也大有讲究。一块毯往往是各种高饱和色彩的排列组合，但奇怪的是，竟给人以异常和谐的美的享受。毕竟从植物、动物或矿物中提炼的天然染料具有化合染料永远无法具备的深层次质感、透明度和暖意。19世纪一位英国纺织学家曾感叹："波斯织工有一双圣手，让我们这个年代的艺术臻于完美。"

伊朗手工艺品　聂舒翼/摄

（文/吴正丹　原载于2021年5月28日人民日报海外网）

意大利
Italy

我/在/中/国/当/大/使

近观古罗马斗兽场 牛 宁/摄

"爱在北京大街小巷遛弯儿"
——访意大利驻华大使方澜意

意大利驻华大使方澜意　付勇超/摄

> 13世纪下半叶,带着对东方古国的未知与好奇,马可·波罗历经艰辛,长途跋涉来到中国。他将所见所闻记录下来传回欧洲,在西方掀起了第一次"中国热",极大地促进了东西方交流。沿着先行者的足迹,中意一代代友好使者继往开来。
>
> 在中意建交50周年之际担任意大利驻华大使,方澜意是两国关系发展的见证者和推动者。方澜意近日在接受人民日报海外网采访时谈及对意中关系的展望:未来意中经贸合作将越来越密切,人文交流将不断拓展,两国拥有丰富的文化和旅游资源,意中旅游合作大有可为。

"来北京后养成喝热水的好习惯"

作为出身于外交世家的资深外交官,方澜意曾在意大利驻俄罗斯、美国、西班牙、沙特等国使馆任职,"四海为家"是他生活的常态。尽管此前从未在华长期工作,但他对中国并不陌生。"我在大学时就学过中国历史,也曾到中国旅游。"方澜意说,"虽然我算不上'中国通',但我对中国很熟悉。不仅是我,可以说所有人都对中国不陌生。中国是一个大国,没人能忽视中国。"

抱着深入认知、探寻中国的愿望,今年1月,方澜意从沙特首都利雅得直飞北京开启驻华大使生涯。两地的温差,是他就任驻华大使后遇到的第一个"挑战"。"沙特冬天有20多摄氏度，跟海南差不多，所以头几天我确实不太适应北京寒冷的天气。"方澜意接着话锋一转，"不过我很快就养成了喝热水的好习惯，来北京后我经常喝热水和热茶。"

"多喝热水"是方澜意抵御寒冷的良方，也是他融入中国的开端。方澜意像普通中国人一样，爱在北京大街小巷遛弯儿。"我有时一遛就是好几个小时。"他说，这是初来乍到快速了解中国人日常生活的一种方式。

方澜意走访的城市越多，他认知中国的视角就越广。"上海俘获了我的心。"方澜意说，从上海能领略中国国际大都市的风采。上海是中外文化的大熔炉，文化多样性锻造了上海"令人赞叹的美、让人回味无穷的独特气质"。

"慷慨捐助展现两国情谊"

在方澜意丰富的外交履历上，驻华这段注定写下特殊一笔。"在新冠肺炎疫情大流行的背景下开启驻华任期非同寻常。"他说。

方澜意经历了疫情暴发初期的艰难，也深刻体会到两国人民急难有情、携手抗疫的温暖。"中国发生疫情后，大多数在华意大利人选择留在中国、留在武汉。"方澜意说，"当时意大利派出3架货机为武汉送去医疗物资，意大利很高兴能帮上忙。"

"当疫情在意大利达到顶峰时，对整个国家来说都是极其可怕的。关键时刻，我们获得了来自中国的很多帮助。"方澜意表示，中国派出3批拥有丰富经验的医疗专家组支援意大利抗疫，发挥了极其重要的作用。意大利从中国带回的手套、呼吸机、口罩等抗疫物资和医疗设备中，大约10%来自中国政府、高校、社会机构的捐助。"整个中国社会上上下下都参与到规模浩大的慷慨捐助行动中，充分展现两国情谊。"

正是出自在疫情中的感同身受，意大利驻华大使馆在今年清明节参加了中国的全国性哀悼活动,降半旗缅怀在疫情中逝去的生命。方澜意认为,疫情是全世界面临的共同挑战,必须所有人共同努力、坚定意志,才能战胜。

"大公司积极布局中国市场"

见证了意中携手抗疫的难忘时光,方澜意相信两国关系发展有更广阔前景。

建交50年来,中意经贸合作已结出累累硕果。建交之初,两国贸易额仅为1.2亿美元,诸多领域是空白。2019年,两国贸易额达到近550亿美元,不仅增长456倍,涵盖各个领域,而且双向投资累计超过200亿美元。"意大利企业在中国深耕多年,有1400余家意大利企业在华投资兴业,意大利所有大公司积极布局中国市场。"方澜意说。

尤其在当前国际间交通受阻、需求萎缩、经济全球化受挫的特殊背景下,广阔的中国市场为意大利企业提供了重要机遇。方澜意介绍,无论是9月举行的中国国际工业博览会,还是11月举行的第三届中国国际进口博览会,广大意大利企业都踊跃参与。"意大利是中国各类展会的重要参与者。"方澜意表示,"我本人也尽己所能参加这些展会,希望借此表达意大利对发展对华关系的重视。"

展望意中合作的前景,方澜意对"一带一路"充满信心。2019年,中意签署共建"一带一路"谅解备忘录,意大利成为七国集团中首个正式加入"一带一路"倡议的国家。方澜意认为,"一带一路"倡议就像一个丰富的"工具箱",意大利借此同中国深化经贸和金融合作。"无论疫情前后,'一带一路'都至关重要。在'后疫情时代','一带一路'将发挥更加重要的作用。'一带一路'毫无疑问是推动意中关系发展的重要载体。"

同为文明古国,中意在推动国际多边合作方面扮演着重要角色。2021

罗马市中心的特雷维喷泉游人如织　牛　宁 / 摄

年，意大利将担任二十国集团（G20）主席国，加强与中国在 G20 框架下的协调具有积极意义。方澜意认为，G20 曾在 2008 年国际金融危机的应对中发挥显著作用，G20 的一大使命就是协调成员国经济政策，共同努力推动世界经济增长。"国际社会无论采取怎样的行动推动世界经济复苏，都离不开 G20 的团结合作。"

（文 / 毛莉　张六陆　原载于《人民日报海外版》2020 年 12 月 21 日第 8 版）

· 大使说 ·

意中合作未因疫情止步

　　1970年11月6日，一个下雨的清晨，在巴黎进行为期两年的谈判后，意大利和中国签署建立外交关系的协议。今天我们迎来了这一历史成就的50周年纪念。

自建交以来，中国和意大利分别发展为世界第二大和第九大经济体，我们为此感到骄傲。

疫情虽然对意中外交议程产生了影响，但双边合作没有因此而止步。最高级别的对话保持畅通，双方各种交流平台已全面运作。不久前两国领导人通电话庆贺意中建交50周年，双方都强调致力于推动意中全面战略伙伴关系发展的意愿。

意中富有成效的友好交流可以追溯到几个世纪前。彼时，富有冒险精神的商人、博学的传教士往来于古丝绸之路，不仅交换珍贵的货物，还交流知识、发现和新思想。

文化交流始终是意中合作的一大支柱。两国分别有55项联合国教科文组织世界遗产。原定于今年举办的意中文化和旅游年推迟至2022年举行，此后双方将相继举办北京冬奥会和米兰—科尔蒂纳丹佩佐冬奥会。

意中经贸合作在半个世纪以来发展迅速，2019年两国贸易额达到近550亿美元。如今1400多家意大利企业在华经营，70C多家中国企业在意大利落户，我们期待取得更大进步。

威尼斯广场全景　牛　宁/摄

作为欧盟的创始成员国和坚定追随者,意大利支持欧中在互惠基础上加强合作,促进世界繁荣稳定。近日签署的《欧中地理标志协定》是在正确道路上迈出的一步,而早日达成雄心勃勃的欧中投资协定将是更大收获。欧中投资协定将确保创造公平竞争的环境,鼓励双方企业到对方投资。

意中两国在联合国框架下也展开了密切合作。我们将深化这种合作,促进基于规则的、更有效的多边主义。意大利即将接任二十国集团(G20)轮值主席国,也将和英国联合举办第二十六届联合国气候变化大会。意大利正和中国朋友密切合作,共同应对气候变化、保护生物多样性、落实2030年可持续发展议程。意大利G20峰会将聚焦"人类、地球和繁荣"。

全球公共卫生将是每项议程上的一大关键议题。意中在疫情大流行的至暗时刻相互支持,现在我们在多边框架下努力推动疫苗研发、分配的国际合作。

(此文为意大利驻华大使方澜意在意大利驻华大使馆庆祝意中建交50周年招待会上的发言摘要 原载于《人民日报海外版》2020年12月21日第8版)

· 采访手记 ·

这座大使官邸是"宝藏博物馆"

"这些油画是意大利十七八世纪的真品""这面镜子有上百年历史""这些中式家具完全是20世纪50年代的风格"……走进意大利驻华大使官邸,《我在中国当大使》栏目组误以为来到了一座中西合璧的博物馆。在意大利驻华大使方澜意的引导下,栏目组一路从前厅、会客厅、餐厅参观到书房,领略了一番东西方文化彼此交融、相映生辉的独特魅力。

中国和意大利是东西方文明的杰出代表,在人类文明发展史上留下了浓墨重彩的篇章。从2000多年前开始,古老的丝绸之路就让远隔万里的中国和古罗马联系在一起。汉朝曾派使者甘英寻找"大秦",古罗马诗人维吉尔和地理学家庞波尼乌斯多次提到"丝绸之国",马可·波罗与中国的故事更是广为人知。

中意文化的融合之美,浓缩于大使官邸每一处独具匠心的细节设计里。在前厅,意大利油画中金发赤身的天真孩童,与中国画里白里透红的水蜜桃相映成趣;在会客厅,占据一整面墙壁的巨幅意大利挂毯夺人眼球,挂毯中繁花树林深处是一座中式八角亭,颇有"曲径通幽处,禅房花木深"

的意蕴；在餐厅，镜面已模糊的镀金雕花壁镜，和富有年代感的中式亮黄色餐桌形成奇妙搭配……置身这座"宝藏博物馆"，似乎随时都能打开"时光之门"，与历史那一头的隐秘故事邂逅。

在令人应接不暇的"藏品"中，方澜意大使最"得意"的是中国山水画。走进书房，两幅水墨山水画映入眼帘，一幅纸面已泛黄，一幅尚未启封。"一幅是古董画，一幅是现代作品。"方澜意大使说，从这两幅画里可以看到中国文化在传统与现代之间的传承。

方澜意大使对中国文化的兴趣，不仅在阳春白雪间，也在市井生活里。大使官邸里最让栏目组意想不到的"藏品"是一副麻将。当我们询问大使是否会打麻将时，他笑言：打麻将在他的同事们中间很受欢迎，但和中国人打麻将总是输，大家一般自娱自乐，"我要赶紧学起来"。大使的幽默，引来现场笑声阵阵。

这个"笑点"成为栏目组当期短视频的主题，引来众多网友围观，"大使太幽默了""看来不论是中国的高雅艺术还是通俗娱乐，老外都很喜欢"……

（文/毛莉　吴正丹　原载于《人民日报海外版》2020年12月21日第8版）

·国家人文地理·

到意大利,与电影"名场面"重逢

意大利是无数经典电影聚焦之地,游览每一座独具风情的意大利城市,都好似走进唯美电影画面中。

《罗马假日》讲述了童话般的爱情故事,也为罗马这座城市拍出了绝佳的旅游风光宣传片。剪了俏皮短发的奥黛丽·赫本与英俊帅气的格里高利·派克开着一辆意大利韦士柏踏板摩托车,几乎跑遍了罗马的风景名胜。在万神殿旁的咖啡店小坐,在"真理之口"接受谎话测试,在圣天使堡的河岸边看夕阳西下……跟随赫本和派克的足迹,游客可以尽享属于自己的"罗马假日"。

闻名遐迩的罗马斗兽场拥有令人惊叹的巨大体量、精巧严谨的舞台装置、集古罗马艺术之大成的装饰,让人感叹"即便已成残骸,依旧华丽灿烂"。在罗马这座"喷泉之都"脱颖而出的特莱维喷泉,是巴洛克建筑艺术典范。"特莱维"字面意思是"三岔口",它的别名"少女喷泉""许愿泉"更出名。传说在公元前1世纪,一位少女帮助罗马军队找到了泉眼,解决了饮水问题,此地后来成了从城外引进泉水最大的出水口。到特莱维喷泉

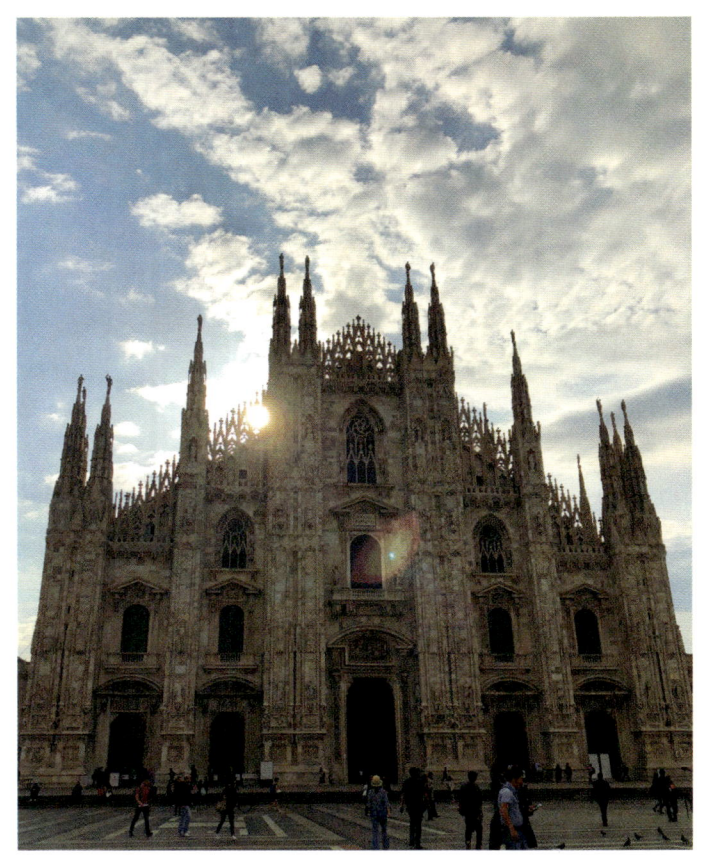

意大利米兰大教堂　牛　宁/摄

抛硬币许愿，如今已成游客在罗马"打卡"的经典项目。有报道称，每年喷泉收集的硬币足有100万欧元。

《美丽人生》取景的阿雷佐，文艺爱好者不可错过。电影里出现的阿雷佐大广场，被不同时期各种风格的建筑环绕，包括中世纪的塔楼和文艺复兴时期的瓦萨里连拱廊。而阿雷佐给游客带来的惊喜远不止于此，这是一座历史比埃及亚历山大还要古老的城市，也是意大利文艺大师的故乡。意大利诗人皮特拉克、"文艺复兴三杰"之一的米开朗基罗、画家卢卡·西

威尼斯的水道　牛　宁/摄

诺莱利和瓦萨里等著名艺术大师都诞生于此。他们不仅在故乡阿雷佐留下了非凡创造力的印记,也在周围的其他城市创作了杰出的艺术作品。数不清的绘画、雕塑和建筑艺术品使这片地区大大小小的城镇村庄大放光彩。

《西西里的美丽传说》让人们记住了西西里岛上锡拉库萨古城的迷人风貌。它的古典壮美在城市中的每一条街道、每一座纪念碑、每一间教堂间萦绕。特别是市中心的锡拉库萨大教堂,巴洛克建筑虽历经风雨冲刷但唯美依旧。电影中,风情万种的女主角玛莲娜一遍又一遍从锡拉库萨大教堂门前走过。

　　西西里让人难忘的还有自然风光，电影中少年时常嬉戏的"土耳其台阶"，就是一处白色石灰岩悬崖奇观。纯白的悬崖上一层层波浪形纹路划过，仿佛阶梯一般从山体延伸到海里。地中海的蔚蓝、棉花堡般的纯白、夕阳西下的暖黄，这一幕定会成为游客心中永恒的美好记忆。难怪有人说，如果不去西西里，就像没有到过意大利，因为在西西里你才能找到意大利的美丽之源。

（文/吴正丹　原载于《人民日报海外版》2020年12月21日第8版）

马来西亚

Malaysia

我/在/中/国/当/大/使

沙巴州西巴丹岛世界级潜水天堂（马来西亚驻华大使馆供图）

"来北京就像与老朋友重逢"
——访马来西亚驻华大使拉惹·拿督·努西尔万

马来西亚驻华大使拉惹·拿督·努西尔万 谢 明/摄

> 在马来西亚，郑和五访马六甲的故事广为流传，华人社区遍布全国，走在街头常常可以看到中文招牌……作为隔海相望的近邻，马来西亚与中国友好交往历史源远流长。马来西亚驻华大使拉惹·拿督·努西尔万的中国情缘，是中马好邻居、好伙伴的生动写照。努西尔万近日接受人民日报海外网采访时表示："我很高兴到中国，我在吉隆坡时就交了很多中国外交官朋友，来北京就像与老朋友重逢。"

"女儿想回北京"

在拉惹·拿督·努西尔万看来，中国在马来西亚人的生活中从来不是抽象符号，"马来西亚人口中大约1/4是华人，他们中有人的先辈甚至600多年前就来到马来西亚。他们带来的中华文化与本土文化融合成马来西亚独特的'娘惹文化'。"

努西尔万出生于马来西亚首都吉隆坡，当地有很大的华人社区。儿时的他常常到华裔朋友家做客，品尝中式家常菜、听粤语歌、看香港电影。努西尔万和中国的缘分，当时就在他心中埋下了种子。

这颗种子，伴随努西尔万的外交官生涯，悄然成长为参天大树。同中国人打交道、交朋友，给努西尔万留下了太多难忘记忆。他至今无法忘记25年前他初访北京时一位帮助过他的宾馆服务员。当时努西尔万住在宾馆

14楼，有一次房卡突然失效，路过的宾馆服务员为了帮他换新房卡，满头大汗上下跑了两趟。这虽是件小事，却让努西尔万深深感动。

从这位宾馆服务员身上，努西尔万看到了普通中国人的敬业和热心，千千万万这样的普通劳动者预示着中国不可估量的未来。"自那次后我来过中国20多次，亲眼见证了中国尤其是北京的发展。"努西尔万说。

到中国当大使，不仅让努西尔万的中国情缘日益加深，还在他的孩子身上有了新延续。跟努西尔万一起常驻中国的，还有他不到6岁的女儿。因为闲暇时间要陪女儿"打卡"游乐园和商场的缘故，努西尔万一家深深融入了中国人的日常生活：用手机软件打车、在淘宝买玩具、寻觅"网红"餐厅。由于疫情影响，努西尔万说，今年初暂时回国的家人短时间内无法回中国，但"女儿在家闹着要收拾行李，迫不及待想回北京"。

用中文为武汉加油

疫情的阻隔让努西尔万一时无法和家人团聚，也错过了小儿子的降生，但努西尔万说坚守岗位是特殊时期大使的使命。努西尔万表示，他在防疫期间肩负着三重使命：一是保障在华马来西亚公民的健康与安全；二是促进两国抗疫合作；三是为两国在后疫情时代的合作铺路。

留在中国，努西尔万见证了中国的抗疫战争，也为中国抗疫加油鼓劲。努西尔万去年10月曾到访武汉，对这座拥有"九省通衢"美名的城市有一份特殊好感，"武汉有快速发展的高新技术产业，有1000多万人口的巨大市场，还有好吃的热干面"。

今年2月，努西尔万录制了一段为中国抗疫祈福的视频，并发布在马来西亚旅游局官方微博和微信公众号上。他在结尾处用中文说的那句"中国加油，武汉加油"，打动了无数中国网友。在努西尔万看来，中国之所以能成功控制住疫情，得益于中国各级政府应对疫情的快速响应、中国人民对防疫措施的严格遵守。

马中两国的守望相助，让努西尔万感触良多。当中国疫情告急，马来西亚人喊出了"中国，马来西亚挺你"，1800万双医护手套驰援中国；当马来西亚发生疫情，中国医疗专家组紧急送去抗疫经验。在马期间，有当地民众认出中国专家组后远远竖起大拇指，喊出"谢谢"……如今，中马两国携手走出疫情的阴霾，率先推动社会经济复苏，便是双方同舟共济、相互支持的结果。

在中国市场看到机遇

携手抗疫的特殊经历，为中马深化合作创造了必要条件，开辟了新前景。对"后疫情时代"的两国合作，努西尔万满怀期待。

热衷于为马来西亚猫山王榴莲"代言"的努西尔万，对两国经贸合作前景充满信心。努西尔万表示，2020年上半年，东盟已取代欧盟成为中国第一大贸易伙伴，马来西亚是中国在东盟内的第二大贸易伙伴国，仅次于越南。2020年上半年，中国从马来西亚的进口额同比上涨2.6%，超过340亿美元。

从当前中国提出的"构建以国内大循环为主体，国内国际双循环相互促进的新发展格局"，努西尔万看到了新机遇。他认为，随着中国经济国内大循环的加速形成，中国市场消费力将进一步增强，有利于马来西亚增加对华出口。

共建"一带一路"是中马合作的重要方向。"我很高兴看到东海岸铁路项目复工。"努西尔万说，马中双方从政府到企业都非常重视"一带一路"框架下的合作。他认为，基础设施建设的"硬联通"只是互联互通的第一步，规则和标准的"软联通"将有力推动商品的无阻碍流动，从而提高生产率、减少流动成本、维护全球产业链稳定。

对如何促进马中民心相通，努西尔万也有独到见解。他认为，"娘惹文化"是两国人文交流的历史明证和宝贵资源，未来加强两国人民相知相亲大有可为。在努西尔万看来，推动两国文学作品互译是一个重要方向。自1889年以来，包括四大名著在内的100多部中国书籍已经被翻译到马来西亚，"如今中国在人工智能、电商、科技等领域处于世界领先地位，希望未来有更多反映当代中国的文学作品翻译介绍到马来西亚"。

（文/毛莉　张六陆　原载于《人民日报海外版》2020年9月7日第8版）

· 大使说 ·

马来西亚将继续支持"一带一路"

马来西亚是第一个与中国建交的东盟国家，今年是两国建交46周年。46年来，马中把彼此视为亲密无间的朋友和值得信赖的伙伴。马中友谊经受了时间考验，给两国人民带来了实实在在的福祉。

两国领导人进一步展示了推动马中关系发展的非凡决心。两国相亲的血缘、相通的文化，相互信任的传统，对机遇和繁荣的共同追求，为两国关系奠定了坚实外交基础。两国稳定的外交关系，正是两国友谊的标志。

面对疫情考验，马中关系进一步发展。自疫情伊始，两国就在道义和物质上相互支持。不仅两国政府之间守望相助，或许更为重要的是，两国人民也患难与共。在疫情防控常态化背景下，马来西亚期待与中国通过"云交流"等方式加强合作。

尽管面临疫情带来的诸多挑战，但我相信两国将继续为进一步深化马中关系作出建设性努力。双方在加强经济、工业和技术合作，以及促进贸易、投资、教育和旅游合作方面拥有广阔空间。

2019年，马来西亚是中国第九大贸易伙伴，双边贸易额达1239.6亿美

吉隆坡双峰塔（马来西亚驻华大使馆供图）

元，同比增长14.2%。我想强调的是，今年前七个月，双边贸易在疫情下逆势增长，贸易额较去年同期增长0.7%，达到684亿美元。

马来西亚开放和友好的投资政策、良好的营商环境，使马来西亚成为中国投资者进入东盟和其他市场的门户。在投资方面，中国一直是马来西亚制造业的最大投资国。2019年，共有79个有中方参与的制造业项目得到批准，投资总额达254亿元人民币。事实上，许多中国大企业都将地区总部设在吉隆坡。

两国深化人文交流前景可期。马来西亚是一个与全球接轨的高等教育中心，为国际学生提供全面和优质的学习体验。以"亚洲魅力所在"为名片，马来西亚长期以来享有世界级旅游目的地的盛誉。马来西亚不仅拥有丰富的历史文化遗产，重要的战略位置也决定了其亚洲大熔炉的地位。2019年，马来西亚接待中国游客超过300万次，我们期待更多中国游客在疫情后到访马来西亚。

作为一个外贸导向型国家，马来西亚高度赞赏中国的改革开放政策，尤其是"一带一路"倡议。"一带一路"促进了两国经贸关系持续发展，加强两国长期的双边关系。2013年习近平主席首次提出"一带一路"倡议后，马来西亚是最早表示欢迎的国家之一。马来西亚将继续支持"一带一路"建设，期待同中国及沿线国家在互利共赢、共同繁荣的基础上进一步开展合作。

我坚信，这些年来双方增进的相互信任和共同利益，是今后两国关系持续深化的坚实基础。

（文/马来西亚驻华大使拉惹·拿督·努西尔万　原载于《人民日报海外版》2020年9月7日第08版）

· 采访手记 ·

大使请你来追剧

净澈的大海、清新的椰香、高耸入云的双峰塔……马来西亚是不少中国游客出境游的目的地。最近,电视剧《小娘惹》在中国的热播,让不少中国观众对马来西亚文化更添一份亲近感。带着对这个邻国的好奇,《我在中国当大使》栏目组近日走进马来西亚驻华大使馆。

使馆门口,高耸气派的建筑让人忍不住举起相机。移步换景,使馆大到整体设计、小到扶梯门楣都很考究,木质雕花扶梯和门楣古色古香。沿着镶嵌马来西亚特色花纹的楼梯进入二楼,电视剧《小娘惹》的宣传海报赫然映入眼帘。使馆工作人员笑着用中文说:"45集我全看完了,特别好看。"

这部电视剧,也是马来西亚驻华大使拉惹·拿督·努西尔万向中国观众推荐的重点,"从这部剧里中国观众会看到中华文化在东南亚的传播"。自15世纪起,迁居东南亚的华人逐渐增多,华人男性与当地妇女通婚,形成了一种融合中华文化与马来文化特点的家庭模式。在生育的子女中,男性被称为"峇峇",女性被称为"娘惹"。

经过数百年时光的繁衍,"娘惹文化"将传统中华文化和马来当地文

霹雳州绿中海度假村（马来西亚驻华大使馆供图）

化融于一体，在服饰、语言和饮食方面形成了独特文化魅力。对许多中国人来说，"娘惹文化"既熟悉又陌生、既古典又现代。娘惹服饰——纱笼卡峇雅在马来传统服装的基础上，改成了西洋风格的低胸衬肩，再加上中国传统的花边修饰，尽显精致与秀美。再说语言，峇峇马来话深受福建话影响，从中吸收了不少词汇。

努西尔万大使绘声绘色介绍起"娘惹菜",以糯米、木薯粉为原材料,添加椰浆、绿豆泥、红豆泥、花生粉等不同配料的"娘惹糕",柔韧有嚼劲、好看又好吃。娘惹豆酱鸡、红龟粿、虾米糯米卷、龙眼茶……中国传统烹饪方法与南洋香料的巧妙结合,酝酿出舌尖上的"娘惹"风情。大使笑言,就冲着娘惹美食,这剧也值得一看。

(文/赵壹晨　原载于《人民日报海外版》2020年9月7日第8版)

·国家人文地理·

多元文化引来全球客

"多元",是马来西亚的名片。在这里,原始的热带雨林与现代的都市风光并存,马来文化与多民族文化交融。

作为典型的东南亚国家,马来西亚的旅游资源丰富。无论游人钟情于阳光和沙滩,还是热爱文化与美食,在这片多元的土地上,都可以找到心之所向。游人可以流连于槟城的美食小吃,也可以穿梭于吉隆坡的高楼大厦;可以徜徉于仙本那的透明海,也可以探险沙捞越的原始自然风光……

马来西亚不仅吸引全世界游客驻足,也越来越受到全球留学生关注。环境安全稳定、学费相对较低、优质的专业课程,都是选择留学马来西亚的理由。根据马来西亚驻华大使馆提供的信息,在"世界最受欢迎留学目的地"排名中,马来西亚位居第12位。目前,超过120个国家的15.3万名留学生选择马来西亚作为留学目的地。除本土高校外,还有9所国际著名顶尖大学在马来西亚设立了分校。

在日前举行的2020中国国际教育巡回展上,马来西亚驻华大使努西

马来西亚沙巴仙本那敦沙卡兰海洋公园（马来西亚驻华大使馆供图）

尔万向中国学生发出热情邀请："马来西亚欢迎更多中国学生选择马来西亚作为留学目的地。在这里，你们将获得一个性价比更高的接受世界一流教育的机会。在马来西亚留学的经历，将有助于增进双方对马中两国关系和人文关系的相互了解和赞赏。"

热情友善的人民、丰富多彩的多元文化，也是留学马来西亚的一大吸引力所在。几个世纪以来，包括阿拉伯人、印度人、华人在内的外来移民涌入马来西亚，带来了不同文化的碰撞融合。马来西亚首都吉隆坡，因此被誉为"世界博物馆"。在吉隆坡，清真寺、佛教和印度教的寺庙、基督

马六甲州娘惹文化博物馆（马来西亚驻华大使馆供图）

教的教堂和谐共存；漫步街头，可以看到说马来语、英语、汉语、阿拉伯语的不同肤色人群；海南鸡饭、肉骨茶、椰浆饭、咖喱鸡……融合了八方特色的马来西亚美食，让人垂涎三尺。

（文/赵壹晨　原载于《人民日报海外版》2020年9月7日第8版）

毛里求斯
Mauritius

我/在/中/国/当/大/使

毛里求斯海底瀑布（毛里求斯驻华大使馆供图）

"毛里求斯和中国就像一家人"
——访毛里求斯驻华大使王纯万

毛里求斯驻华大使王纯万　季星兆/摄

> 深邃的海洋、绵延的沙滩、美丽的珊瑚礁、灿烂的阳光……在非洲大陆以东、印度洋西南,坐落着有"天堂原乡"美誉的毛里求斯。
>
> 建交48年来,中毛双方政治互信不断加深,各领域交流合作成果丰硕。毛里求斯新任驻华大使王纯万近日接受人民日报海外网专访时表示,虽远隔重洋,但毛里求斯与中国有亲如一家的深情厚谊。

"中国最让人惊喜的是乡村发展"

毛里求斯不仅有让人流连忘返的美景,还有让世人乐道的多元文化。"毛里求斯是一个'大熔炉'。"回忆起学生时代,王纯万说,在学校足球队可以看到各族裔同学,"早在19世纪,毛里求斯就已成为一个具有世界性的国家。"

从200多年前起,陆续有来自广东、福建的中国人漂洋过海扎根毛里求斯,王纯万的祖辈也在其中。从广东梅州到非洲海岛,王纯万家族一直保留着中国文化传统:过中国节、吃中国菜、练中国功夫……对万里之外的中国,王纯万的亲近感与生俱来。

2009年,王纯万携家人首次到广州探亲,沿途所见所闻让他惊讶万分,因为这跟父辈照片里"只有自行车,没有汽车"的中国大为不同:高楼林立、车水马龙、人流不息……王纯万笑言:"连我妻子都问'这和照片里不是一个地方吧?'中国发展得实在太快了!"

每一次中国行,都在加深王纯万对中国发展的赞叹。王纯万曾担任毛里求斯社会融合与经济增长部部长,减贫是他的一大工作重点。在走访中国一个偏远山区时,王纯万真切感受到中国扶贫的决心和力度。"仅四年间,中国政府就在当地修了长达万里的铁路和高速公路,相当于毛里求斯到欧洲的距离。"王纯万感慨地说,在崇山峻岭之间凿通一条条隧道、修建一座座大桥,看起来几乎是不可能完成的任务,但中国做到了。

王纯万认为,正因如此非凡的努力,中国每年脱贫人口逾1000万。中国最让人惊喜的不是鳞次栉比的摩天大楼,因为中国城市的繁华景象已普遍到不足为奇,中国最让人惊喜的是乡村发展。在偏远山区、少数民族地区,人们都生活得很好。如今,中国人将历史性地解决千百年来的绝对贫困问题,步入新发展阶段。"相信中国会自信地屹立于世界强国之列。"他说。

王纯万感叹中国发展的"变",也赞赏中国发展的"不变"。从孔庙到古籍、再到明清民居,王纯万看到了中国人对传统文化的珍视。"在经济全球化进程中,一些国家由于各种原因失去了传统文化,但中国很好地传承了自己的文化。"

"中国传统佳节也是毛里求斯人的节日"

王纯万与中国的故事,在2020年这个特殊年份有了更深的延续。今年7月,他正式到京履职。在他看来,毛中友谊经受住了疫情的严峻考验,携手抗疫为两国关系发展注入了新活力。

中国发生疫情后,毛里求斯总理贾格纳特致信向中国政府和人民送上支持与祝福;毛里求斯驻华大使馆与各地基金会开展合作,积极参与支援中国抗疫活动；毛里求斯社会各界通过各种方式声援中国抗疫。而当毛里求斯出现确诊病例后，中国也在第一时间向毛里求斯提供急需的医疗物资。两国就疫情防控一直保持密切沟通，中方的抗疫知识和经验为毛里求斯提供了重要借鉴。"毛里求斯采取了严格抗疫措施，为有需要的家庭上门派送物资，在这方面毛中两国非常相似。"王纯万说。

如今，两国疫情都得到了有效控制，社会活力正在逐步恢复。"欢迎中国游客早日到毛里求斯做客。"王纯万说，毛里求斯和中国就像一家人。毛里求斯是非洲唯一一个将中国春节列为法定节假日的国家，中秋节、端午节等中国传统佳节也是毛里求斯人的节日。"到毛里求斯的中国游客都会有宾至如归之感。毛里求斯独一无二的红茶、朗姆酒和特种糖，定会受到中国游客喜爱。"

"中国帮助非洲共同发展"

作为中毛友谊的见证者，王纯万亲历了两国关系发展进程中的许多重要时刻。2018年，在习近平主席访问毛里求斯的历史性时刻，王纯万在现场；2019年，在中毛签署自贸协定的重要时刻，王纯万也在现场。今天，见证了中毛携手抗疫的患难与共，王纯万对"后疫情时代"两国合作的前景更加满怀信心。

"毛中自贸协定是中国和非洲国家签订的首个自贸协定。"王纯万表示，非洲有惨痛的殖民记忆，历史上一些国家曾把生活方式强加给非洲国家，但中国对非合作与此完全不同。中国愿意和非洲国家平等合作，并帮助非洲国家共同发展。毛中自贸协定就是一个很好的例子，毛里求斯很多商品因此能以"零关税"进入巨大的中国市场，对毛里求斯经济发展有积极意义。

在中毛自贸协定等制度框架下，两国双边经贸合作提质增效。"很多

在卡塞拉动物园与狮子亲密接触（毛里求斯驻华大使馆供图）

中国公司和金融机构在毛里求斯设立分部。"王纯万举例说，华为在毛里求斯设立非洲地区财务共享中心；中国银行在毛里求斯设立分支机构；毛里求斯晋非经贸合作区建设步伐加快，吸引了一批中资企业入驻。

近年来，毛里求斯在巩固制糖业、出口加工业、旅游业三大支柱产业的基础上，改善投资环境、鼓励外国投资、大力发展离岸金融业，并将首都路易港建为自由港。毛里求斯还是非盟、东非共同体、南部非洲发展共同体成员国，是通往非洲的重要桥梁。面向未来，王纯万向中国投资者发出热情邀请："欢迎中国朋友将毛里求斯作为对非投资平台，共同创造价值。"

推动两国人文交流走向纵深，王纯万同样满怀期待。"近年来不少毛里求斯人来到中国，在浙江我还惊讶地发现当地竟然有人会讲毛里求斯克里奥尔语。"王纯万表示,人文交流是双向的,华裔是促进两国民心相通的纽带。华裔占毛里求斯人口比重虽然不到3%,但对毛发展做出了重要贡献,发挥华裔的桥梁作用将有力推动两国人民相知相亲。王纯万说,毛里求斯华人推动毛经济社会发展以及支持中国抗战的历史有待进一步挖掘,使馆正在寻求与中国相关机构合作开展"讲故事"活动,让更多人感受到两国友谊的温度。

(文/毛莉 张六陆 原载于《人民日报海外版》2020年11月16日第8版)

· 采访手记 ·

这位大使是华裔

挖掘驻华大使的中国故事、寻找中国与世界各国的连接点，是《我在中国当大使》栏目组每次走进各驻华使馆的"常规动作"。了解到毛里求斯新任驻华大使王纯万的华裔身份后，栏目组在采访前就预料此行必定满载而归。

身材挺拔、风度翩翩，是王纯万大使给栏目组留下的第一印象。环顾大使办公室，记录王纯万大使青春时代至今的一张张留影，很容易让人对他丰富多彩的人生经历产生浓厚兴趣。我们的话题，首先围绕大使与中国千丝万缕的联系展开。

"您是否回过祖籍地广东梅州？"我们一提问，大使就打开了话匣子：从梅州的祖屋回忆起祖辈漂洋过海定居毛里求斯的经历、再讲到自孩提时代起一遍遍听父辈讲述的家乡故事……跟随王纯万大使的思绪穿越百年岁月，华人历经艰辛在异国他乡生生不息的一个个传奇故事浮现在眼前。

经过几代人耕耘，王纯万家族已深深扎根于毛里求斯，但一份无法割舍的乡愁代代传承。对王纯万大使来说，乡愁寄托在小小的月饼里，每到

毛里求斯25卢比纸币上有华人朱梅麟的头像（毛里求斯驻华大使馆供图）

中秋，一大家子坐在一起吃月饼是不变的传统。说起吃月饼，王纯万大使分享了一件童年趣事：他儿时常常到华人点心铺帮忙，店里的婆婆会把一些卖相不好的月饼免费送给他，而他会把月饼带回家和8个兄弟姐妹分享。

王纯万大使一家不仅年年过中国节，几代人还从未放下练中国功夫的传统。"我祖父在中国时就曾学过功夫，我父亲也练功夫。我从小经常听父亲说，每个人要练出不同的功夫风格。"王纯万大使还向我们展示了一张他年轻时习武的照片，飒爽英姿颇有几分李小龙的风采。

跨越印度洋，一代代毛里求斯华人就这样依靠对家乡传统的传承，维系着历史与文化的记忆。在大使办公室最显眼位置悬挂的一幅中式庙宇画作，吸引了栏目组的注意。画里青山环抱，绿树掩映，红门灰砖，飞檐斗拱，当我们询问大使画里是中国何处古迹时，大使的回答出乎意料："画的是毛里求斯。"

中国文化在毛里求斯的鲜明印记，是华人漂泊异乡的证明，也是沟通两国民心的"精神桥梁"。"毛里求斯非常尊重族群文化多样性，不仅华人重视中国文化传承，毛里求斯人也非常喜爱中国文化。"王纯万大使说，中国的面条、炒饭、点心已融入毛里求斯人的日常饮食中。每逢中国春节，毛里求斯人也会像中国人一样放假庆祝。

毛里求斯人不仅吃中国美食、过中国节，还把华人头像印上了货币。使馆工作人员向我们展示的25卢比纸币照片上，印有广东梅州客家人朱梅麟的头像。朱梅麟将一家零售小商店发展为横跨毛里求斯社会各领域的大型商业集团，在毛里求斯遭遇国家危难时挺身而出，赢得了毛里求斯人的尊重和爱戴。在1968年毛里求斯宣布独立时，朱梅麟还被任命为财政部长。

朱梅麟的故事，是华人成功融入毛里求斯社会的缩影。王纯万大使告诉我们，华人进入毛里求斯商界多以零售百货小商店起家，如果当地老百姓没钱，华人老板就同意以"信用分"换取商品。"记得小时候我叔叔常常帮助当地人把农作物折算为'信用分'，'信用分'不仅可以交换现货，还可以储存。"王纯万大使骄傲地说，华人对毛里求斯经济社会发展的贡献被广泛称颂，如今华裔的贡献从商业扩大到汽车制造、工业等更广泛的领域。

在王纯万大使的讲述中，栏目组对他所说的"毛里求斯和中国就像一家人"有了深切体会。我们在现场感受到的这份温情，随着栏目组的镜头直抵网友内心："友好国家，有机会想去旅游""一定要去看看玩玩，很有意思"……

（文/毛莉　吴正丹　原载于《人民日报海外版》2020年11月16日第8版）

·国家人文地理·

印度洋上的"星与钥匙"

"上帝先创造了毛里求斯,再依照毛里求斯的风景创造天堂。"美国作家马克·吐温在《赤道漫游记》中如此描绘毛里求斯。凭借如画美景,毛里求斯在世界旅游大奖中屡获赞誉。"世界杰出海岛旅游目的地""世界最佳海滩"……无数盛名为毛里求斯引来全球游客。

毛里求斯土地资源有限,国土面积约为北京的1/8。陆地上缺少的,海洋却给予了最慷慨的弥补,毛里求斯拥有的海洋专属经济区多达190万平方公里。一碧万顷、柔和明丽的海洋哺育着毛里求斯,优越的地理位置使其成为印度洋上的"星与钥匙"。

这颗"星"美在哪?游客可以从临近机场的蓝海湾开始寻找答案。这里生活着70余种鱼类和近40种珊瑚,称得上是毛里求斯最美的珊瑚保护区。浪花拍打阳光下温暖的白沙,清澈湛蓝的大海与无尽的如洗天空交汇。游客从这里出海可以选择搭乘玻璃底的观光船,也可以扎进奇幻的水下世界,与可爱的鱼儿打招呼。

不仅是海,圣水湖、火山口、黑河峰……岛上的自然景观各具特色。

红顶教堂（毛里求斯驻华大使馆供图）

最出奇的，要数毛里求斯岛西南部的七色土。这座彩色山丘占地有半个足球场那么大，在阳光普照下会折射出七彩光芒。世上罕见的奇观源于火山岩熔化后冷却的速度不均。从地质学角度观察，海水也参与打造了这座天然棱镜。火山灰中各种金属成分与海水接触，形成不同颜色的金属化合物，七彩光芒由此而来。

毛里求斯之所以还享有"印度洋上的钥匙"的美誉，与其辉煌的历史密切相关。毛里求斯留下了大航海时代迪亚士、达·伽马等大航海家寻找新大陆的印记。首都路易港更见证了几个世纪的海运贸易往来。跑船的人来自四面八方,路易港的风貌因此展现出不同文化交融的丰富性。路易港有南半球最古老的赛马场——战神赛马场,至今仍是毛里求斯人周末观看比赛的好去处。毛里求斯还有7座关帝庙,其中最大也是非洲最早的一座已有接近180年的历史。作为华人社区重要的公共设施,关帝庙将华人所重视的义气、孝悌、爱国等品质形象地展示给毛里求斯人。

制盐的女人(毛里求斯驻华大使馆供图)

游览毛里求斯,除了享受海岛风情之外,在绿色保护区与野生动物亲密接触、走进博物馆品读历史、在"一半海水一半绿茵"的高尔夫球场挥杆,都是很好的选择。甚至仅仅漫步毛里求斯的大街小巷,与当地老百姓庆祝节假日,都能感受到与众不同的浪漫与热情。华人的春节,印度教徒的湿婆节、象头神节,穆斯林的开斋节……"一年到头都是节"的毛里求斯,会给游客留下多彩记忆。

(文/吴正丹 原载于《人民日报海外版》2020年11月16日第8版)

蒙古国
Mongolia

我/在/中/国/当/大/使

蒙古国草原美景(蒙古国驻华大使馆供图)

"3万只羊是我们的真心诚意"
——访蒙古国驻华大使图布辛·巴德尔勒

蒙古国驻华大使图布辛·巴德尔勒　季星兆 / 摄

我在中国当大使

> "雪中送炭难""患难见真情",蒙古国捐赠的首批1.2万只羊11月12日从内蒙古二连浩特启运湖北的现场,飘扬着这样的标语。今年2月底,蒙古国总统巴特图勒嘎在中国抗疫斗争最吃劲时专程访华,并宣布向中方赠送3万只羊。
>
> 现任蒙古国驻华大使图布辛·巴德尔勒,彼时就在总统随行人员中,他也见证了10月蒙古国向中国捐赠羊交接仪式。"蒙古国有句话'得志时送骆驼,不如落魄时送根针',3万只羊代表着蒙古国人民的真心诚意。"近日接受人民日报海外网专访时,巴德尔勒从"羊的故事"讲起,畅谈建交71年历久弥新的蒙中友谊。

"中国是蒙留华学生的'第二祖国'"

疫情似鉴,鉴出中蒙两国心灵相契,鉴出何为"得好乡邻胜过亲"。蒙古国送来3万只羊的重磅大礼,引起中国网友高度关注,相关新闻持续刷屏,屡屡冲上社交媒体热搜榜,甚至有中国歌手创作纪念歌曲《你送我3万只羊》。中国网友的热情跨过戈壁与草原,传回蒙古国人民耳中。"这首歌蒙古国人民也听到了,还有人将它翻译成了蒙语。什么是人文交流?这就是真正的人文交流。"巴德尔勒说。

蒙古国邻居对中国人民的真挚情谊不止于羊。新冠肺炎疫情发生以来,蒙古国政府第一时间宣布向中方提供20万美元捐助；蒙古国社会各界人士自主发起捐款活动，多家公司员工自愿捐出一天工资支援中国。不少蒙古国留华学生回国后积极参与了"永久邻邦，暖心支持"行动，自主制作公益片《加油武汉》，使用中蒙双语为武汉打气祈福。巴德尔勒说："对于这些留学生来说，中国就是他们的'第二祖国'。"

据介绍，中国是蒙古国最大的留学目的地国，目前有1.4万余名蒙古国学生在华留学。"这些学生在街头为中国抗疫募捐的举措令人感动。待他们学成归国后，定将成为蒙古国未来的栋梁，架起两国友谊的桥梁。"巴德尔勒期待，未来两国进一步加强教育交流合作，让更多蒙古国学生感受中国文化、中国先进科技的魅力。

"二连浩特是蒙中贸易的一扇窗口"

对蒙方在疫情中的雪中送炭，中方也投桃报李，毫无保留地同蒙方分享防控经验和信息，提供医疗物资援助。在双方共同努力下，抗疫合作取得显著成果。两国积极开展复工复产合作，成功建立'绿色通道'并顺利运行。

全球贸易受到疫情严重冲击，中蒙最大陆路口岸二连浩特却创下了两个历史同期最好成绩：11月7日，进出口运量较去年提前37天突破1400万吨大关，实现同比增长12.8%；接运出入境中欧班列突破2000列，同比增长52.8%。

在全球经济整体下行压力增大的背景下，二连浩特何以逆势而上？巴德尔勒认为，这一方面要归功于中国严格的疫情防控措施。蒙中互为陆地边界线最长的邻国，却非常难得地保持着病例相互"零输出"的纪录；另一方面，随着电子化贸易系统的引进，二连浩特的通关安全性有了保障，效率大大提高，"几乎没有受到疫情影响"。

"二连浩特是我最喜欢的中国城市,也是蒙中贸易的一扇窗口。"巴德尔勒表示,蒙中双边贸易额占到了蒙古国总贸易额60%以上,对华贸易的重要性不言而喻。二连浩特,这座"斑斓之城"自古就是"茶叶之路""草原丝绸之路"的重要节点。如今,"一带一路"与"草原之路"在二连浩特交会对接,铁道上飞驰的是一趟趟中欧班列。"二连浩特联结了蒙中,也联结了欧亚大陆。"

近年来中国为蒙古国提供大量优惠贷款用于交通基础设施建设,中企承建的项目为蒙古国交付了全国第一条高速公路、全国最大的互通立交桥。"这些基础设施建设都是为了打好基础,以备将来把蒙古国有竞争力的产品出口到中国,出口到欧盟市场。"巴德尔勒说。

"亲眼看到布达拉宫令我激动"

10月22日,巴德尔勒出席蒙古国向中国捐赠羊交接仪式时,终于来到了他慕名已久的二连浩特。当时他正式就任蒙古国驻华大使才3天。尽管时间紧,但他依然坚持从北京乘轿车赴二连浩特,因为他想亲眼看看沿途风貌,也直接了解中国的风土人情。

履新时间虽不长,但巴德尔勒的足迹已遍及中国不少省市。谈及11月初的拉萨之旅,他回味无穷:"蒙古国有信仰藏传佛教的传统文化。能踏上青藏高原,亲眼看到布达拉宫,非常令我激动。"在这次访问中,巴德尔勒不仅看到了西藏发展的巨大成就,也看到了中国在文物保护方面付出的巨大努力。"我参观了许多古建筑,发现中国政府把历史古迹保护得很好。"

如果说巴德尔勒在拉萨感受到了传统与现代的融合,那他在上海看到的则是国际大都市的风采。第三届中国国际进口博览会让他感慨良多:"这届进博会克服疫情影响圆满举办,实在难能可贵。"如此盛会,为包括蒙古国在内的广大发展中国家提供了进入中国市场的宝贵机会，巴德尔勒自然不会错过。通过进博会这个大平台和风向标，他把了解到的市场信息反馈给许多蒙古国企业，帮助他们更好地了解未来发展和投资的大方向。

对中国了解越多，巴德尔勒对发展蒙中合作的信心就越坚定。他相信，两国未来的合作空间将更加广泛，蒙中企业合作将日益深入。"要把防疫期间的一切挑战转化为两国合作的机遇，蒙中将为两国关系史上的最好时期揭开新篇章。"巴德尔勒表示。

（文/任天择　原载于《人民日报海外版》2020年12月14日第8版）

· 大使说 ·

蒙中关系正处于历史最好时期

　　蒙古国和中国自从1949年正式建交以来,历经时代变迁,化解一切挑战,持续发展双边合作与交流。蒙中已建立全面战略伙伴关系,不断拓展合作交流的方位和方向。近年来,两国高层互访频繁、政治互信不断巩固、人文交流日益密切、各领域合作持续增进,蒙中关系正处于历史最好时期。

　　蒙中经贸具有相互通融及互补的优点,拥有极大合作空间。对接"草原之路"和"一带一路"倡议,并在其框架内开启蒙中俄经济走廊建设,不仅有利于两国,也将对地区和世界经济发展做出重要贡献。

　　2019年数据显示,两国贸易额已达88亿美元,这表明最近10年两国贸易额已增加4.5倍。蒙古国对外贸易总额64%来自中国,其中对华出口占93.8%,进口占41.8%。中国向蒙古国直接投资额达51亿美元。其中,68%中资企业投资于矿产行业、21%投资于贸易和服务行业。今后,除保持矿产贸易稳定发展外,双方还将支持拓展非矿产领域合作。

　　今年新冠肺炎疫情对世界经济与国际关系带来重大挑战。面对人类公共卫生危机,蒙中两国守望相助,同舟共济,共克时艰。在此特殊时期,

位于巴彦—乌尔吉省的霍顿湖（蒙古国驻华大使馆供图）

双方始终保持合作步调，成功实现高层访问，树立了国与国友好交往的典范。

2月，蒙古国总统巴特图勒嘎在中国疫情防控的关键时候访华，成为疫情发生以来首位访华的外国元首，向永久的友好邻邦展现了蒙方的衷心支持。无论是蒙方向中方捐赠的3万只羊，还是在蒙国内发起的"永久邻邦，暖心支持"行动，都充分体现了两国深厚友谊。现在3万只羊已全部交接给中方，中方决定将这些羊分配给医务工作者等为抗疫做出重要贡献的人，蒙方非常高兴。

9月,中国国务委员兼外长王毅对蒙古国进行访问。双方就加强防疫期间双边和地区合作等重要事项达成共识。双方的共识对2020年实现双边贸易额100亿美元的目标、充分运用蒙中边境口岸"绿色通道"、推进"后疫情时代"合作、促进经济复苏等具有重要推动作用。

加强疫情常态化防控合作是两国合作的重要方向。在蒙古国近日新增本土确诊病例、全国进入全面戒备状态的特殊时期,中国政府向蒙古国政府及人民提供的援助成为"及时雨"。在蒙古国,人们常说"以德报德",中国的援助充分体现了这一点,蒙古国人民对此深表谢意。我深信,两国人民的友谊世代相传,两国人民携起手来并肩作战,定能战胜疫情。

在"后疫情时代",蒙中将抓住新机遇、充实合作内涵,积极推进两国元首达成共识的重大项目,巩固互利互惠的务实合作以造福两国人民,积极开展地区和国际舞台上的合作,共创两国光辉未来。

(文/蒙古国驻华大使图布辛·巴德尔勒 原载于《人民日报海外版》2020年12月14日第8版)

·采访手记·

"五畜"是草原的吉祥物

到蒙古国，最不能错过的，是下牧区观看自然风光。一望无际的草原、成群的牛羊、洁白的蒙古包、清澈的湖泊……草原风光让人心驰神往。当《我在中国当大使》栏目组走进蒙古国驻华大使馆，浓郁的草原风情扑面而来。

进入会客室，一幅幅精美画作映入眼帘，驰骋的少年、饮水的马群、挤奶的牧民……宁静祥和的草原生活跃然其上，瞬间把我们拉到千里之外的大草原。房间里的各式银制摆件也满是草原风貌，有日用银壶，也有马、牛、羊等银制手工艺品。

我们正沉浸在身处大草原的想象中时，风度翩翩的蒙古国驻华大使图布辛·巴德尔勒来到会客室，热情地与栏目组成员一一握手。见栏目组对房间陈设感兴趣，大使饶有兴致当起了"讲解员"。他介绍说，1949年新中国成立后，蒙古国是第一批宣布与中国建交的国家之一，1950年蒙古国便在北京设立了驻华大使馆，使馆不少工艺品有70年历史。

巴德尔勒大使拿起展示柜正中央的一件牛骨雕塑，盘点起上面雕刻的

那达慕在蒙古语中意为娱乐、游戏。为庆祝丰收,蒙古国每年7、8月举办隆重的那达慕大会,这是蒙古民族在长期游牧生活中流传下来的具有独特民族色彩的盛大节日,每年吸引大量来自世界各地的游客。图为那达慕大会盛况。(蒙古国驻华大使馆供图)

动物——山羊、绵羊、马、牛、骆驼,"这就是蒙古国著名的'五畜'"。栏目组听后恍然大悟,难怪整个会客室的工艺品几乎都与"五畜"相关。大使又拿起蒙古象棋的一枚棋子告诉我们,上面雕刻的是一辆蒙古式牛车。他说,牛车是草原上游牧民族的重要交通工具。每逢搬家,牧民们会将家当放在牛车上,在某处暂时定居时,牛车又变成了小库房。

"五畜"既与游牧民族的衣食住行息息相关,也是草原的吉祥物,它们深深融入蒙古国人民的文化血液里,寄托着人们对美好生活的向往。新冠肺炎疫情暴发后，蒙古国宣布向中国赠送3万只羊，不仅是雪中送炭之举，更饱含吉祥与祝福之意。

（文/赵壹晨　原载于《人民日报海外版》2020年12月14日第8版）

・国家人文地理・

乌兰巴托的夜，那么美

  提起北方邻邦蒙古国，中国人很自然想到的是"天苍苍，野茫茫，风吹草低见牛羊"的壮美和辽阔，是马背民族的勤劳和勇敢，是那达慕大会上的精彩竞技和载歌载舞。"乌兰巴托的夜，那么静……"一首悠扬的《乌兰巴托的夜》，更是给不少中国人留下深刻印象。乌兰巴托，究竟什么样？

  乌兰巴托被巴彦吉如合、青格勒台等群山环绕，清澈的图拉河从城南的博格多山脚下自东向西缓缓流过，见证着这座城市从游牧民族的佛教圣地变迁为蒙古国的首都和最大的城市。走进乌兰巴托，市中心高楼大厦鳞次栉比，汽车穿梭往来；城北山坡上古朴的蒙古包如朵朵白云般点缀在青草地上，牧马人自由驰骋……在这里，现代文明与游牧传统碰撞融合。

  这座有300多年历史的城市，容纳了蒙古国约一半人口。蒙古国的年轻人喜欢奔向乌兰巴托，为梦想打拼。乌兰巴托的夜热闹无比，流光溢彩的霓虹、人声鼎沸的酒吧、宾客盈门的各国餐厅、衣着时尚的男女老少，处处都透露出国际都市范儿。

  当游客还在为乌兰巴托的现代化赞叹时，就会在城市更深处与乌兰巴

图拉河的清晨（蒙古国驻华大使馆供图）

托的传统一面不期而遇。乌兰巴托市中心的甘丹寺，是走近蒙古国文化的另一扇窗口。有200余年历史的藏传佛教寺庙甘丹寺是蒙古国最大的寺庙，因世界最大铜铸大佛而闻名。大佛身高达28米，全身镀金并镶嵌大量宝石，气势雄伟、富丽堂皇，是蒙古国的国宝。被现代化高楼环绕的甘丹寺，是当地人寻求心灵宁静的好去处。看着遮天蔽日的鸽群在白墙红瓦的大小庙宇间自由翱翔，就是难得的放松和享受。

乌兰巴托城南的博格多汗宫是八世哲布尊丹巴活佛的夏宫，如今已成为著名博物馆。丰富的馆藏，囊括清朝皇帝赐予活佛的各种珍宝，是当年满蒙密切来往的历史见证。走进红墙碧瓦的院落，砖雕照壁、重叠飞檐、琉璃绿瓦牌楼等中式元素随处可见。木牌楼上悬挂的蓝底金字匾额，上面

位于乌姆努戈维省的孔戈尔沙丘（蒙古国驻华大使馆供图）

有汉、满、蒙、藏四种文字写的"乐善好施"，仿佛诉说着这座拥有100余年历史的宫殿与中国的深厚缘分。

感受乌兰巴托的传统与现代、沧桑与年轻，游客一定会感慨：乌兰巴托的夜不静，但很美。

（文/吴正丹 原载于《人民日报海外版》2020年12月14日第8版）

莫桑比克
Mozambique

我/在/中/国/当/大/使

莫桑比克岛的海滩曾有满载中国瓷器的葡萄牙船只在此沉没,沙滩上总能捡到瓷器碎片 刘 畅/摄

"中国也是我的家"
——访莫桑比克驻华大使玛丽亚·古斯塔瓦

莫桑比克驻华大使玛丽亚·古斯塔瓦　付勇超/摄

> 莫桑比克岛博物馆藏有中国的丝绸、瓷器；莫桑比克首都马普托有以毛泽东命名的大街……虽远在非洲东南岸，但莫桑比克和中国之间的纽带千丝万缕。玛丽亚·古斯塔瓦2018年出任莫桑比克驻华大使后，对中国政治、经济、文化和社会有了更深的理解和认同。近日接受人民日报海外网采访时，她说："中国是一个与人为善的国家，和莫桑比克一样都爱交朋友。"

"中国人做事非常高效"

玛丽亚·古斯塔瓦大使对中国的喜爱，源自两国深厚的历史渊源。早在15世纪，郑和船队就曾西行至莫桑比克中部重镇贝拉，将连接亚欧的海上丝绸之路引至东非大陆彼岸；20世纪六七十年代，中国人民积极支持莫桑比克争取民族解放的正义事业，两国结下了珍贵友谊。

古斯塔瓦常年与中国打交道，中国元素深深嵌入她的日常生活，留下一个又一个值得回味的瞬间。在担任驻华大使前，古斯塔瓦每年都要来中国4次。红墙碧瓦的紫禁城、雄关万里的长城、热情好客的中国人……美好的体验早在初见时就留在她的心里。特别是色香味俱全的中国美食，更令古斯塔瓦大快朵颐。

不同于走马观花的游客式体验，出任驻华大使让古斯塔瓦有了更多"好好欣赏中国文化、走近中国人日常生活"的机会。喜爱中国功夫的古斯塔瓦去过两次少林寺，看到许多年纪不大的孩子练得一身好武艺。在她看来，中国功夫值得敬佩的不仅是拳脚招式本身，更是练功者的刻苦和自律。这份刻苦和自律，深深融入中国人的民族性格中。"莫桑比克人都知道中国人做事非常高效，如果中国人说一周要做完一件事，那么他们一定能按计划完成目标，从不拖延。"古斯塔瓦说。

"我们都知道钟南山院士"

正是出于对中国的认识和理解，古斯塔瓦从一开始就对中国战胜新冠肺炎疫情充满信心。

得知中国发生疫情的消息时，古斯塔瓦正在莫桑比克参加总统纽西就职仪式。纵然听闻武汉"封城"的消息，古斯塔瓦也毫不犹豫地"要立刻回到中国"。1月底，从埃塞俄比亚首都亚的斯亚贝巴转机飞往中国的航班上，古斯塔瓦是唯一的外国人。谈起毅然回中国的决定，古斯塔瓦说："莫桑比克在华留学生需要我，我的两个孩子在中国，我要和中国朋友共渡难关。中国也是我的家，我必须回来。"

古斯塔瓦成为中国成功战疫的见证者和参与者。她为10余天建成火神山、雷神山医院的中国速度惊叹，为一方有难、八方支援的中国力量感动。深受触动的古斯塔瓦，积极投入到确保在武汉40名莫桑比克留学生安全的防疫工作中去。通过每天打电话疏导学生情绪、建立微信群分享疫情信息、安抚焦虑不安的学生家长等，古斯塔瓦把"我们一定能和武汉一起挺过去"的信心传递出去。看到最后所有莫桑比克在武汉留学生平安无恙，古斯塔瓦深感欣慰。

谈起莫桑比克国内的疫情形势，古斯塔瓦说，莫桑比克向中国学习了很多宝贵的抗疫经验，也采取了入境人员隔离14天、扩大检测范围、追踪感染者行动轨迹等措施。"我们非常感激中国毫无保留地同世界分享抗疫经验。"古斯塔瓦说,"我们都知道钟南山院士,中国专家提供的专业建议对莫桑比克战疫十分有益。"

"中国造"大桥成网红景点

古斯塔瓦从中国战疫中读出了"人民"二字。"一些发达国家的深层次社会问题在疫情下暴露无遗。当一些穷人连命都保不住时,又何谈人权?但是在中国,所有人都能得到同样的治疗。"古斯塔瓦认为,中国是一个把人民放在首位的国家。

古斯塔瓦表示,中国不仅对内广聚民心,对外也赢得广泛尊重。新中国成立71年来,从未主动挑起过一场战争,也从不干涉别国内政,中国带给世界的是合作的诚意和谋发展的机遇。这从莫中关系发展中可见一斑,莫中所有合作项目都实实在在帮莫桑比克民众过上好日子。

中国帮助莫桑比克建成了非洲第一大悬索桥。2018年通车的马普托跨海大桥全长3公里、主跨680米,将原来两三个小时的渡海时间缩短到10分钟左右,成为莫桑比克首都马普托通往南非边境的重要干线通道。自驾开过马普托跨海大桥后,古斯塔瓦赞不绝口——"落日余晖下,马普托跨海大桥伫立于粼粼波光之上,呈现出一番恢弘气象,现在已经成为莫桑比克人追捧的网红景点。"

中国还帮助莫桑比克推进非洲最大规模水稻项目。位于莫桑比克加扎省首府赛赛市的万宝莫桑农业园,给当地农民带去种植水稻的"致富经"。古斯塔瓦说,在中国帮助下,当地水稻年产量从每公顷2吨提高到最高8吨。更难能可贵的是,中国的帮助是"授人以渔",将中国水稻种植技术手把手教给莫桑比克农民。

延续拓展莫中互惠互利、共同发展的合作伙伴关系,被古斯塔瓦视作重要使命。作为非洲内陆五国的重要出海口和区域性交通走廊,莫桑比克具有得天独厚的区位优势。利用港口增加贸易只是第一步，莫桑比克希望未来在能源、矿业、农业、旅游等各个领域深化对华合作。"与中国合作，对很多莫桑比克人来说，意味着更多工作机会、更好发展机遇。"古斯塔瓦说，她18岁的儿子决定在中国上大学，因为了解中国、学好中文对个人发展大有好处。

（文/毛莉　吴正丹　原载于《人民日报海外版》2020年10月12日第8版）

· 大使说 ·

坚定发展对华合作

莫桑比克与中国友好交往源远流长。在莫桑比克独立之年，两国即正式建交。今年是莫中建交45周年，也是莫桑比克独立45周年。

莫中两国在政府、企业和民间多个领域，稳步推动广泛多样的合作。双方政治上高度互信、经济上高度互补，两国在相互尊重、平等互利的基础上，共同致力于巩固2016年两国领导人宣布建立的全面战略合作伙伴关系。

中国是莫桑比克实现经济发展、社会进步的关键伙伴。对华合作是莫桑比克融入经济全球化的机遇，有利于促进莫桑比克经济转型升级，发展具有竞争力的多元化经济。

莫桑比克发展拥有诸多具有竞争力的优势。例如，过去10余年，莫桑比克是撒哈拉以南非洲经济增速最快的国家之一；莫桑比克是通往南部非洲发展共同体的门户，莫桑比克港口、铁路、管道与公路等基础设施联通南部非洲发展共同体的内陆成员国；莫桑比克土地、矿产资源丰富，拥有重要国际水路和多元历史文化遗产；莫桑比克有受过良好教育的充足劳

首都马普托街景　刘 畅/摄

动力资源;基础设施建设处于莫桑比克发展议程优先位置,公私合营方式受到鼓励;莫桑比克有真诚、好客、友善的人民,还有可口美食、宜居环境及沙滩美景。

　　莫桑比克政府致力于创造良好营商环境,政府不断加强与私营企业对话,并制定政策吸引更多外商直接投资。我在此诚邀所有中国企业赴莫投资,在农业、基建、能源、旅游、制造业等广泛领域挖掘商机。

　　莫中关系发展拥有广阔前景,双方应继续拓展合作广度和深度。

第一，在两国公司、组织及其他机构之间建立互利伙伴关系，重视彼此提供的机遇。这对于中小企业的发展至关重要，尤其是对莫桑比克中小企业来说更是如此。第二，加强人文交流，增进相互了解，深化两国友谊。在这方面，年轻人发挥着关键作用。第三，拓展莫桑比克人力资源能力建设与培训合作。这是实现莫桑比克可持续发展必不可少的先决条件，期待两国能够开拓更多合作新项目。

莫桑比克坚定不移发展对华合作，继续推进惠及两国人民福祉的务实合作项目。尤其在工业化、基础设施、农业加工、能源、旅游、贸易、金融等领域，两国合作大有可为。例如，我们期待中资银行能够落户莫桑比克。

（文／莫桑比克驻华大使玛丽亚·古斯塔瓦　原载于《人民日报海外版》2020年10月12日第8版）

·采访手记·

把口罩戴出"时尚范儿"

走进莫桑比克驻华大使馆前,我们对莫桑比克的认知停留于动物遍地、阳光明媚、资源丰富等非洲印象的粗浅层面。当《我在中国当大使》栏目组一行进入使馆后,这个拥有世界"腰果之乡"美誉的国度展示出令人赞叹的多彩侧面。

刚进使馆大门,就见迎面的展柜中摆满琳琅满目的莫桑比克特产。展柜最上方摆放的腰果是莫桑比克最具代表性的农作物之一;摆放在展柜另一侧的几罐当地啤酒,据说是云莫桑比克旅游的必备打卡单品;整齐排列的几块木牌,是莫桑比克具有代表性的鸡翅木、柚木等优质木材。

如果说丰富特产让我们看到了莫桑比克的"物丰",莫桑比克驻华大使玛丽亚·古斯塔瓦则让我们领略了莫桑比克的"人美"。大使的优雅亮相让我们印象深刻:一袭宝蓝色长裙加一条珍珠项链的简约搭配,透露出不俗的审美品位。随着采访的深入,我们对莫桑比克人爱美的天性有了更多了解——口罩也被戴出了"时尚范儿"。

古斯塔瓦大使告诉我们,为了鼓励人们在防疫期间戴口罩,莫桑比克人设计出多种多样的口罩款式。根据服饰造型花色搭配的口罩,成为时尚弄潮儿不可或缺的"配饰"。有莫桑比克歌手专门拍了一套"口罩写真":镶嵌水晶的黑色口罩,酷炫十足;绣满花朵的粉色口罩,尽显柔美。莫桑比克新娘出嫁时,也要配上与嫁衣同款的红色口罩。

采访当天我们以介绍莫桑比克口罩为主题制作的短视频一经发布,迅速引来网友点击,播放量超过100万。网友们纷纷留言点赞,"真的好看""这个创意可以打满分""喜欢这种设计理念"。

莫桑比克人设计的口罩(莫桑比克驻华大使馆供图)

(文/毛莉 赵壹晨 原载于《人民日报海外版》2020年10月12日第8版)

·国家人文地理·

到莫桑比克去看海

漫长海岸线、白色沙滩、宜人气候、丰富动植物……莫桑比克迷人的自然风光,等待全世界游客光临。

数目众多、种类各异的自然保护区,守护着莫桑比克的自然传奇。莫桑比克10%的土地被划入野生动物管理用地,其中包括国家公园、野生动物保护区等。大林波波河跨国公园由莫桑比克、南非、津巴布韦三国共同建立,长颈鹿、非洲象、斑马、角马、疣猪等野生动物在同一片蓝天下和谐生活;尼亚萨湖是世界上物种最多、面积最大的淡水湖自然栖息地保护区之一,这里有种类繁多的热带淡水鱼;马普托大象保护区是一个国际和平公园,公园中生活着非洲南部地区体形最为巨大的动物——非洲象,当它们走过时地面都会微微颤抖。

海滨风光是莫桑比克的又一张闪亮名片。马普托海滩远近闻名,每逢退潮,露出大片沙洲,阳光暖暖地照着,仿佛金色海洋;巴扎鲁托岛上有成片的珊瑚礁和国家公园保护区,热带观赏鱼在此自由栖息;赛赛市周围也有美丽海滩,游客可以在此钓鱼、潜水、观赏海龟;彭巴位于海湾三角

莫桑比克岛 刘畅/摄

洲，以潜水和水上运动著名。

如果想近距离接触莫桑比克文化，莫桑比克岛是不二之选。1991年，莫桑比克岛被联合国教科文组织列为世界文化遗产。它是历史上葡萄牙人前往印度途中的一个贸易口岸，岛上一些历史建筑可追溯到殖民时期。岛上的圣保罗宫原为总督寓所，如今成为博物馆，里面陈列着来自葡萄牙、阿拉伯、印度和中国的藏品；岛上另一个著名景点是圣塞巴斯蒂安城堡，于16世纪由葡萄牙殖民统治者建成。

在莫桑比克岛，游客还可以体验独特的传统风俗：将一种植物的白色液体涂满全脸和全身，像是敷上了滋润皮肤的"面膜"和"体膜"。岛上的节日庆典也是了解莫桑比克文化的窗口，一年一度的莫桑比克岛狂欢节不容错过。

（文/赵壹晨 原载于《人民日报海外版》2020年10月12日第8版）

新西兰
New Zealand

我/在/中/国/当/大/使

努盖特角的灯塔　Graeme Murray/ 摄

"新西兰人也爱过中国春节"
——访新西兰驻华大使傅恩莱

新西兰驻华大使傅恩莱　付勇超/摄

新西兰与中国远隔重洋,但中国人对这颗"太平洋上的明珠"并不陌生。古老神秘的毛利族、全球唯一幸存的无翼鸟、品类丰富的乳制品等构成新西兰的独特符号。作为电影《指环王》的拍摄地,新西兰世外桃源般的自然风光更是成了众人心中的"打卡"胜地。

傅恩莱自2018年开启驻华大使的旅程,近日接受人民日报海外网专访时,她讲述了结缘中国40年的故事,表达了对推动新中两国加深合作的殷切期望。

取名"恩莱"以示敬意

傅恩莱与中国结缘始于20世纪80年代。彼时刚从大学毕业的她得知有到西安任教的机会,便毫不犹豫地来到了中国。此后又在北京大学、北京语言大学学习和工作,一待就是5年。

在这5年里,傅恩莱练就了一口流利的中文,交到许多中国朋友,对中国的感情也越来越深。傅恩莱对中国的感情从她的中文名字可见一斑,这是她的第一位中文老师取的,"因为我们都很钦佩周恩来,化用为'恩莱'二字以示敬意"。

1998年至2002年,傅恩莱担任新西兰驻上海总领事。在上海,傅恩莱继续深入了解中国历史、文化和社会,还对上海方言产生了浓厚兴趣,每周都花上一个小时专门学上海方言。"侬是上海宁伐（你是上海人吗）？"尽管20年过去了，但傅恩莱说起上海话来一点也不含糊。

时隔近20年再次到中国常驻，中国许多变化超出傅恩莱的想象。她说，中国基础设施建设的极大改善是有形的变化，"过去从北京到上海要10多个小时，现在坐高铁只要4个多小时。"中国人生活水平的提高是无形的变化，"今天中国人的消费选择更加丰富多元了。"

新西兰人热爱中国美食

傅恩莱的中国情缘，也是中新友好交往的生动缩影。

新西兰人爱学中文。新西兰是第一个自主筹办中文语言周的西方国家，由新西兰民间发起的新西兰中文周从2014年开始，每年举办一次。傅恩莱说，中文在新西兰是最受欢迎的外语之一。每年新西兰全国各地都会举办中文周活动，中文歌曲大赛、体验中国美食、学习中国功夫等丰富多彩的活动吸引了许多新西兰民众参与。傅恩莱认为，对中文的关注度骤升也体现出全球化、国际化的深入发展，中国是太平洋地区重要国家，学习中文能够帮助新西兰人理解中国人的世界观。

新西兰人热爱中国美食。傅恩莱说，新西兰最著名的亚洲美食就是中国菜。最初，广东移民带来了广东美食，现在新西兰中国美食的种类越来越丰富，出现了越来越多的高档中餐厅和融合菜，"新西兰家家户户厨房里都有中餐调味品，比如酱油"。

新西兰人爱过中国节日。傅恩莱表示，每到中国春节，新西兰都会举办大规模庆祝活动。从中国购来的灯笼会把活动现场布置得喜气洋洋，"新西兰的几大城市都能体验到热闹的庆祝活动"。

新西兰人喜爱中国文物。傅恩莱介绍，2019年中新旅游年开幕之际，《秦始皇兵马俑：永恒的守卫》作为新西兰国家博物馆跨年大展展出。新西兰民众对中国文物兴趣浓厚，使得这场展览大获成功，"可以说是新西兰国家博物馆举办的最成功的海外展品展"。

新西兰人也爱到中国旅游。傅恩莱说，每周新中之间大约有50班直航，近年来双边游客都大幅提升。大量中国游客赴新西兰旅游，人均消费和总消费持续攀升；每年大约有14万新西兰游客来到中国，"考虑到新西兰的总人口数，14万人在新西兰出境游中已经是个很大的数字"。

奇异果源自"中国醋栗梅"

中新在人文交流中相知，也在利益交融中走近。

谈起两国源远流长的务实合作，傅恩莱讲述了新西兰奇异果的故事。很多新西兰人都知道，今天享誉世界的新西兰奇异果，最初是从中国引进的。傅恩莱说，1904年一位新西兰老师将中国的猕猴桃种子带回新西兰。这种农作物起初在新西兰被称作"中国醋栗梅"，1959年更名为"奇异果"，而且不断有新品种被研发问世。"很多奇异果品种是由新中两国科学家共同研发出来的，目前中国—新西兰猕猴桃联合实验室已经在四川全面启用。"

在两国务实合作中，还有很多像猕猴桃这样的例子。中新两国开创了中国同发达国家关系的多个"第一"：新西兰是首个承认中国完全市场经济地位的发达国家，也是第一个同中国签署并实施双边自由贸易协定的发达国家。傅恩莱高兴地表示，2019年两国完成了自贸协定升级谈判，2020年两国将正式签署协定，新西兰企业对协定生效十分期待。

傅恩莱表示，此次升级将确保新中自贸协定依然具有领先地位。升级后的新中自贸协定将电子商务纳入新增章节，有利于增进两国人民福祉。"我非常高兴看到很多中国消费者足不出户就能品尝到新西兰牛奶和新鲜水果。"

随着两国在电商领域开展更广泛合作，新西兰人也能享受到更多优质的中国商品。傅恩莱说，每次回国她都会给家中小辈带中国玩具，中国丝绸、鞋、手提包、茶叶、电子设备等各种商品在新西兰广受欢迎。

在傅恩莱看来，新中能在经贸合作领域取得如此多成果，两国能创造如此多的"第一"，得益于两国文化共有的开拓性。新中经贸合作蓬勃发展，生动体现了规模、制度不同的国家之间也能开展对话合作，共同构建互利共赢的贸易体系。

（文/毛莉　孟庆川　原载于《人民日报海外版》2020年1月13日第8版）

· 大使说 ·

希望新中两国人民一起跳广场舞

我经常被问到在中国当大使是怎样的体验？这大概体现了人们对"大使"这份工作的好奇。

我愿意和中国朋友们分享我最近到上海、成都、广州、武汉出差的经历，或许可以方便各位读者了解我的工作。

【上海】

我在上海待的时间不少——除了各种出差，1998年至2002年我曾任新西兰驻上海总领事。和中国的许多其他城市一样，上海这些年变化很大。不过听到熟悉的上海话，感觉还跟当年一样亲切。

我上次去上海有3个主要任务。一是接待新西兰贸易与出口增长部长戴维·帕克的访问；二是参加第二届中国国际进口博览会相关活动；三是祝贺"生生不息 毛利文化展"在上海举行。

我陪帕克部长逛了进博会，新西兰约有80家企业参展，其中46家组团亮相由新西兰贸易发展局联合组织的"品味新西兰"馆，充分说明中国消费者对新西兰高品质食品和饮料的喜爱。我们也品尝了来自我家乡企业的产品，包括乳品、牛羊肉、海鲜、花生酱、冰淇淋、蔬果、葡萄酒……味道确实好极了！

除了经贸往来，新西兰和中国在人文交流方面也有很多亮点。我在上海参加了"生生不息 毛利文化展"开幕式。这个展览特别有意思，观众可以参与并感受新西兰原住民毛利人的文化。

【成都】

紧接着，我从上海来到成都，为2019中国—新西兰旅游年招待会的成都站捧场。

这是一个400多位宾客齐聚一堂的大聚会，晚宴期间既有新西兰的毛利传统表演，也有四川特色的文化演出，当然十分重要的，是双方的特色美食。

此前，新西兰大中华区旅业洽谈会也在成都举行，两国旅游从业者进行了深度交流。成都与奥克兰之间的直航拉近了我们与中国西南地区的距离。新西兰的毛利文化团体还走上成都街头进行表演。我想，将来如果有机会大家一起跳广场舞或者打麻将，应该会很有趣。

这回来成都，我实现了一个很久的心愿——参观三星堆博物馆。博物馆里的一些展品让我想到了部分波利尼西亚人（毛利人的祖先）的艺术图像，希望将来可以有三星堆文化和毛利文化的交流展。

【广州】

结束成都的行程后，我飞到广州，与来访的新西兰旅游部长凯尔文·戴维斯一行会合。这一站的重头戏是中新旅游年闭幕式。

晚宴上，毛利文化表演再次成为亮点，传统和现代的演出组合都有。当他们唱起中国歌曲《朋友》《茉莉花》时，全场的人包括我在内都跟着合唱起来。

闭幕式的第二天下午，新西兰周华南区活动正式启动，将新西兰的美食与文化活动带到华南地区的酒店、咖啡厅、商场及超市。这个几年前在上海诞生的活动，如今每年活跃在中国多个城市。

【武汉】

离开广州，我北上武汉。新西兰与湖北有传统友谊，新西兰人路易·艾黎曾在湖北工作生活过。如今两地在农业、教育、科技、文化、环保及高科技领域有很多合作。例如，新西兰梅西大学与华中农业大学在动物基因、育种领域，新西兰皇家农业研究院与湖北省农科院在农业用水净化等领域展开了良好合作。

回顾这次出差，12天接待两个部长团，在4个城市开展10多场讲话，虽然很忙，但我很高兴通过我们的工作，让中国朋友们了解我们的文化和价值观，非常期待大家到新西兰体验我们的待客之道。

（文/新西兰驻华大使傅恩莱　原载于《人民日报海外版》2020年1月13日第8版）

·采访手记·

探秘毛利文化"宝库"

提起新西兰文化,许多中国人首先想到的,就是拥有独特碰鼻礼、威武战舞的毛利文化。走进新西兰驻华大使馆之前,毛利文化成为《我在中国当大使》栏目组锁定的重要探访目标。

进入使馆后,工作人员便把我们径直带到了"毛利会堂"。这间名为"海帕基阿卡"(毛利语:He Pakiaka)的毛利会堂来头不小,是中新友好交往史的见证者。海帕基阿卡在毛利语中意为"植物种子"。1984年,一个新西兰毛利代表团应邀访问中国。此访播下了友谊的种子,在新西兰驻华大使馆设立"海帕基阿卡"毛利会堂的想法应运而生。1986年3月28日,时任新西兰总理戴维·朗伊为海帕基阿卡揭幕。30余年间,毛利会堂成为使馆工作人员引以为傲的"精神核心",始终以热情的姿态欢迎中新两国宾客的到访。

我们一走进毛利会堂,映入眼帘的便是花纹繁复的红色门楣、墙上11根部落特色鲜明的红色木雕、木雕之间花纹各异的草编墙板以及屋顶红黑相间的彩绘椽条。方寸之间,让来访者感受时空的转换,沉浸于毛利艺术的力与美，并对这种古老文化产生无限遐想。

在使馆工作人员的讲解下，毛利文化在我们面前慢慢揭开了神秘面纱。门楣上雕刻的有半神毛伊。在新西兰毛利神话中，毛伊和他哥哥们抓到的大鱼幻化成了新西兰的北岛，他的独木舟则形成了新西兰的南岛。不同木雕刻画了各个毛利部落祖先的故事，手持矛镖的木雕形象，描绘的是新西兰北岛中部部落祖先保卫领土的故事；半鸟半鱼半人的木雕形象，展现了新西兰南岛部落的玛纳亚起舞场景。在毛利语中被称为托古托古的草编墙板，用不同几何图形的组合带我们领略了古老文化的深邃。足迹图案象征着为人类发展不断奋斗、向最高领域探索追求的道路；密密麻麻的斜十字图案寓意满天繁星，寄托着对逝去祖先的怀念……

细细品味毛利文化中的点滴细节，我们不仅感受到异域文化的魅力，也体会到毛利文化和中国文化的融合之美。使馆工作人员告诉我们，毛利

蒂普亚毛利文化村　　Adam Bryce/ 摄

新西兰怀卡托霍比屯　Sara Orme/摄

会堂的红色元素,是对中国文化的致敬;托古托古的方格图案原本象征联盟,在此特指中新两国的友好关系。

跟随镜头,海内外受众也体验了一次毛利文化的发现之旅。架起中外文化沟通的桥梁,正是《我在中国当大使》栏目组的一大初衷。我们不仅希望大使们分享各自精彩纷呈的中国故事,也希望让更多中国受众感知世界多样文化的魅力。

(文/毛莉　原载于《人民日报海外版》2020年1月13日第8版)

· 国家人文地理 ·

到新西兰享受一个完美假期

雄伟的冰川，如画的峡湾，嶙峋的高峰，广袤的平原，还有热带丛林、火山高地、千里沙滩……新西兰地形开阔、地貌多样，拥有全世界独一无二的奇观。

如果你喜欢大海，可沿路绕海而行，随步领略大海的风情。新西兰的海岸线长达 15000 公里，大海的喜怒哀乐日夜翻涌——在西海岸，怒海狂潮拍打着陡峭的悬崖和风化的石头；在东海岸，太平洋温柔地在海湾和沙滩沿岸嬉戏，那里天蓝云白，水清沙细。在新西兰的最南端，沿卡特林斯海岸的旅行线路因风景秀丽而闻名。塔拉纳基的冲浪公路 45 号是新西兰最理想的冲浪地点。

如果你想要饱览新西兰自然景观的特色，没有比前往国家公园更好的方式了。新西兰的国家公园面积超过 30000 平方公里，遍布南北两岛的 14 座国家森林公园是新西兰当之无愧的瑰宝，那里的自然风光、野生动物和茂密森林令人难忘。

如果你喜欢户外运动，何不在弗朗兹约瑟夫冰川脚下沿着河谷轻松步

新西兰旺格努依国家公园　Chris McLennan/ 摄

行，陡峭山坡上带有数千年来冰川前进和后退形成的三大水平裂痕。在这里，时间仍"静止"在冰河时代。与北极冰川的难以接近相比，新西兰冰川的特点在于，游客可以观赏甚至行走其上。虽然世界范围内冰川在消退，但福克斯冰川和弗朗兹约瑟夫冰川仍然能延伸至海平面，是世界上最容易接近的两座冰川。

如果你喜欢探索和冒险，新西兰也不会让你失望。蹦极、跳伞、洞穴与峡谷探险……新西兰有很多冒险运动，也有许多东西可以观赏和探索。

这里有一流的咖啡馆和步道，还有美丽的马罗考帕瀑布和石灰岩芒格普胡桥等自然奇观。以怀托摩萤火虫洞博物馆附近为起点，漫步穿过农田，你会看到奇形怪状、凹凸不平的岩石。

当然，如果你倾向于休闲假日，新西兰的温泉一定会对你的口味。地下的板块运动造就了新西兰不少景色雄奇的地热区和舒适惬意的温泉，同时也成为部分地区发电、供热的能源。罗托鲁瓦是这里的主要地热景点之一，遍布泥浆池和间歇泉，因空气里无处不在的硫黄味而被称为"硫黄之都"。温泉的奇特疗效更为罗托鲁瓦赢得"治愈圣地"的美名。

无论是全家总动员，还是浪漫的新婚蜜月旅行，新西兰总有一个完美的假期在等着你。

（文／栾雨石　原载于《人民日报海外版》2020年1月13日第8版）

秘鲁

Peru

我/在/中/国/当/大/使

秘鲁马丘比丘印加古城（秘鲁驻华大使馆供图）

"进博会让我们非常兴奋"

——访秘鲁驻华大使路易斯·克萨达

秘鲁驻华大使路易斯·克萨达　付勇超/摄

秘鲁驻华大使馆会客厅里悬挂着一幅1884年的老照片——中国时任驻秘鲁公使郑藻如递交国书时的留影。黑白照片,向每一位来客展示着中秘之间跨越太平洋的世纪友谊。

携手走过岁月长河,当前中秘关系正处于历史最好时期。秘鲁驻华大使路易斯·克萨达近日在接受人民日报海外网专访时表示,到中国当大使是他外交官生涯的"高光时刻",他觉得"既骄傲又开心",希望抓住一切机会推动两国关系发展。

"在中国的生活一点都不会无聊"

路易斯·克萨达和中国的故事,早在2018年他担任秘鲁驻华大使前就已埋下伏笔。在秘鲁,西班牙语"老乡"一词用来专指中国后裔,中国广东话"吃饭"一词演变为中餐厅的统称……一个个细节,足以说明中国这个太平洋对岸"邻居"在秘鲁人心中的特殊分量。

克萨达说,19世纪华人移民漂洋过海到秘鲁后,凭借聪敏勤奋很快扎下根来。如今,拥有中国血统的人占秘鲁总人口近1/10,遍布商业、科学、文化等秘鲁社会各行各业。秘鲁人对生活中的中国面孔习以为常,"中国元素是秘鲁文化的组成部分"。

或许由于秘鲁和中国同为文明古国,很多秘鲁人对中国文化还有一份惺惺相惜之感。1983年,克萨达第一次踏上中国的土地,得以一窥古老东方文明的"真容"。彼时的中国被称为"自行车王国",克萨达骑着一辆自行车,流连于令人目不暇接的名胜古迹之间。深深着迷于北京深厚的历史文化底蕴,克萨达最喜爱的中国城市非北京莫属。

时隔35年,以驻华大使的身份来到北京,克萨达一如当初那样,爱骑自行车重游旧地。当然,克萨达有了区别于游客的新体验,更深地融入普通中国人柴米油盐的日常生活中,也结识了来自五湖四海的更多中国朋友。"中国朋友很热情,带我去吃他们的家乡菜。我喜欢吃几乎所有中国菜,比如麻婆豆腐、宫保鸡丁、饺子、烤鸭……"克萨达笑言,"在中国的生活真是一点都不会无聊。"

"进博会为秘鲁打开了来中国市场之门"

如果说克萨达此前更多了解到的是"文化中国",那么当大使两年多来,他对中国的认识则拓展到政治、经济、社会等立体化侧面。

新冠肺炎疫情发生后,自今年1月中旬起一直留在中国的克萨达,亲眼目睹了中国如何从"最初的艰难时刻"一路走到今天,率先成为"安全之地"。在克萨达看来,中国政府有力的抗疫举措、医务人员的专业素养、广大民众的共同努力,汇聚成战胜疫情的强大合力。

"最让我感动的是中国医务人员的牺牲精神。他们脸上深深的勒痕、眼中流下的泪水、身上闪烁的人性光辉,令人动容。"克萨达感慨地说,医务人员艰苦的付出得到了回报,很多重症病人得以康复,中国优异的抗疫成果令世界赞叹。

中国不仅在抗疫斗争中展现出应对重大危机的体制性能力,也彰显出经济社会修复的强大韧性。疫情没有打乱中国向全面建成小康社会目标前进的步伐。不久前,克萨达受邀前往福建宁德市,对当地的脱贫攻坚成果感触颇深:"我和同事都为中国脱贫的高效感到震惊。中国用40年走完了其他国家要一两个世纪才能走完的路。"

在全球疫情持续蔓延、世界经济遭受重创的特殊背景下，中国举办第三届进博会的决心令克萨达深为赞赏。去年作为主宾国之一的秘鲁在进博会上大获成功，今年受疫情影响，一些秘鲁展商无法到现场，但通过线上参展等方式积极参与，克萨达也亲赴上海表达对进博会的支持。

"进博会证明中国是一个积极推动国际贸易的国家。进博会为秘鲁打开了进入中国巨大市场的机会之门，这让我们非常兴奋。"克萨达说，"我们很期待2021年的进博会，并已经开始为此做积极准备。"

"2021年是推进秘中合作的好机会"

克萨达对2021年的期待不止于进博会，2021年对中秘两国都是历史性节点：中国共产党将迎来建党百年的重要时刻，秘鲁将迎来独立200周年和中秘建交50周年。"如此重要的时刻相遇实在太神奇了！"克萨达兴奋地说，"2021年是推进秘中合作的好机会。"

中秘深化经贸合作前景广阔。中国连续多年成为秘鲁第一大贸易伙伴、最大出口市场、最大进口来源国和最主要的投资来源国之一，秘鲁是中国在拉美第二大投资目的地。克萨达表示，当前在秘鲁大约有170家中企，主要集中于矿业、能源业、交通业领域，"中国打车软件在秘鲁很流行"。他对中远集团承建的钱凯港项目寄予厚望，项目完成后将成为拉美地区重要的枢纽港和太平洋门户港，也将有力推动中秘贸易往来。

中秘加强人文交流大有可为。克萨达希望有更多中国人了解与中国文明同样悠久灿烂的秘鲁古文明。今年在中国举行的"秘鲁古代文明展"是集11家秘鲁知名博物馆之力举办的大型展览，展出的人物纹斗篷、虎鲸形彩陶瓶、男性贵族黄金头饰等文物精品，带着中国观众探寻印加帝国的源流。克萨达透露，为庆祝秘中建交50周年，"秘鲁古代文明展"将继续

阿雷基帕（秘鲁驻华大使馆供图）

在广州和北京展出。

在中国人日益走近秘鲁文化的同时，秘鲁人也在不断加深对中国文化的认识，学中文在秘鲁蔚然成风便是一个明证。"我本人一直在学习中文。"克萨达说，目前在秘鲁开办的4所孔子学院广受欢迎。对秘鲁人来说，不论是工科、理科还是社会科学领域，学习中文都变得日益重要。作为秘鲁最大的贸易伙伴，中国为秘鲁创造了大量就业机会，学好中文就意味着有可能得到更多更好的工作机会。

克萨达表示，在秘鲁学习中文的人数还会进一步上升，秘鲁方面也期望继续加强两国间的高校交流。作为大使，他还给自己定了一个"小目标"：每到中国一个省份，都尽可能拜访当地高校发掘更多合作机会。

（文/毛莉　任天择　原载于《人民日报海外版》2020年11月9日第8版）

· 采访手记 ·

大使"带货",秘鲁好物来啦

纳斯卡线条、印加帝国、亚马孙雨林……这些是《我在中国当大使》栏目组对秘鲁的最初印象。

当走进秘鲁驻华大使馆,栏目组心中的秘鲁印象渐渐清晰生动起来。从使馆的陈设中不难看出,这是一个历史文化底蕴丰厚的国家。墙上的抽象画隐约可见鸟类的羽毛,描绘了雨林中人与自然相生相伴的图景;羊毛制成的彩画,绘制出秘鲁村庄的劳作画面;最著名的纳斯卡线条"蜂鸟"图案无处不在,诉说着秘鲁人的远古智慧……

秘鲁驻华大使路易斯·克萨达博闻强识,开朗健谈。在大使的细心讲解下,栏目组徜徉在使馆这座"小博物馆"里,领略了一番秘鲁的物华天宝。

克萨达大使指着一幅穿着艳丽民族服饰的羊驼照片说:"这是秘鲁的一大'国宝'。"在使馆各个角落里,大小不一的羊驼玩偶随处可见。据说早在1000多年前,羊驼就成为南美的食物和运输工具,如今羊驼的皮毛具有极高经济价值,被誉为"安第斯山脉上走动的黄金"。

除了羊驼,土豆也孕育于这片神奇的土地。克萨达大使介绍说,土豆

的的喀喀湖（秘鲁驻华大使馆供图）

是秘鲁走向全世界的使者。除了普通的土黄色土豆外，秘鲁当地农民还种出了五颜六色、形态各异的土豆，也成为秘鲁的一大"招牌"。

"秘鲁的手工艺品很有名。"克萨达大使又将我们引到一个摆满各式陶器的储物柜前。花纹精美繁复的人像、憨态可掬的双头羊……古朴的手工陶器跨越时空，带领我们与千年前的秘鲁相遇。克萨达大使骄傲地说："秘鲁同中国非常相似，我们都有悠久的历史和灿烂的文化。"

采访结束，栏目组制作推出了克萨达大使的"带货"短视频，与网友

秘鲁纳斯卡地画（秘鲁驻华大使馆供图）

共同分享"秘鲁好物"。视频一发布,网友立刻被秘鲁特产吸引,"在哪里能买到哦""小陶人好可爱""好多好东西"……土豆、陶器等"秘鲁好物"漂洋过海来到东方,成为两个古老文明相近相亲的纽带。

（文/赵壹晨　原载于《人民日报海外版》2020年11月9日第8版）

· 国家人文地理 ·

在秘鲁，与印加文明"零距离"接触

位于太平洋沿岸的南美国家秘鲁，是世界文明古国印加文明发源地。印加文明博大精深，是人类文明史上一颗璀璨的明珠。

从美洲最古老的文明到南美最强盛的帝国，秘鲁保存了流传至今的历史和文化艺术遗迹。从空中俯瞰，可以看到神秘的纳斯卡线条。这些壮观的线条呈现人类与动物图形，是由纳斯卡文化时代的居民所挖的30厘米深的沟渠构成的，历经1500年仍然保持着当初的原貌。云雾森林中的马丘比丘遗址，让游客与印加帝国"零距离"接触。马丘比丘意为"古老的山"，也被称作"失落的印加城市"，在这里，随处可见精致的印加建筑美景。据传，遗迹中的拴日石能为与其接触的人们传递能量，因此吸引了无数游客。昌昌城是前西班牙殖民时期面积最大的土坯建筑古城，位于莫切河流域，是哥伦布发现美洲大陆以前最重要的城市。游客可以穿梭在又高又厚的围墙之间，探寻几百年前的仓库、庙宇、水库和祭祀平台。

逛完历史遗迹，再去秘鲁首都利马体验一把现代生活。利马建于太平洋海岸之上，这里有现代化的餐馆、购物中心和娱乐场所。在利马的各大

秘鲁昌昌古城遗址（秘鲁驻华大使馆供图）

购物中心，游客可以买到秘鲁各地的手工艺品、羊驼毛制品、金银饰品、刺绣靠垫、陶瓷器皿应有尽有；也可以找一家当地餐馆，品尝秘鲁特色菜"三味生鱼片"，在舌尖上感受秘鲁的饮食文化。此外，全天不停歇的时尚展、电影节、艺术展、美食展是这座城市的文化地标，游客们可以选择在嬉皮街区度过充满艺术、音乐的夜晚。

喧闹的都市生活之后，可以回到山林中享受大自然的静谧与神奇。秘鲁是世界上生物种类最多样的国家之一，这里拥有地球上117种生态地形的 84 种，以及所有 32 种气候类型中的 28 种。无论是海狮、海豚，还是眼镜熊、火烈鸟，都能在秘鲁找到自己的栖身之地。这些生物徜徉于遥远而神秘的自然环境中，充满勃勃生机。在秘鲁，游客可以踏上亚马孙河之旅，在雨林中寻找粉红河豚；可以去阿尔卡山谷，在 4160 米的陡峭悬崖上，观赏秃鹰的矫健身姿；抑或在北部海滩享受沙滩阳光．如果够幸运，还可以观赏到往南极洲迁徙的座头鲸群。

多面秘鲁，总有一处值得你驻足。

（文/赵壹晨　原载于《人民日报海外版》2020 年 11 月 9 日第 8 版）

菲律宾
Philippines

我／在／中／国／当／大／使

宿务巴迪安（菲律宾驻华大使馆供图）

见证中国"了不起的发展"
——访菲律宾驻华大使何塞·圣地亚哥·罗马纳

菲律宾驻华大使何塞·圣地亚哥·罗马纳　付勇超/摄

我在中国当大使

> "我第一次来中国是20世纪70年代,那时我还是个20多岁的小伙子。"菲律宾驻华大使何塞·圣地亚哥·罗马纳接受人民日报海外网专访时,用一口流利的中文自我介绍。
>
> 罗马纳与中国打交道已近40年。其间,罗马纳的身份几经转变:从菲律宾在华留学生,到美国广播公司驻华记者,再到外交官。在不同身份的转换间,罗马纳从不同视角观察中国的沧桑巨变,对于菲中两国关系也有深刻理解。

见证中国告别各种票证

1971年,罗马纳作为菲律宾青年代表团团长到访中国,他与中国的缘分就此结下。从在北京语言大学学习汉语的留学生,到担任菲律宾国立大学"中国政治与外交政策"课程讲师,再到当选菲律宾中国研究会主席,罗马纳与中国关联的第一个身份是中国的观察者与研究者。

年逾七旬的罗马纳经历过中国物资匮乏的年代,对中国人生活中曾经必不可少的粮票、肉票、布票、油票、糖票等各种票证十分熟悉。罗马纳回忆,他当年常常受中国朋友所托到北京友谊商店买一些商品。"现在中国富裕了,不光买东西不再需要各种各样的票,还有不少产品出口,这是了不起的发展。"

罗马纳也亲眼看到了中国的现代化蓝图如何一步步变为现实。罗马纳说，1975年他还是一名学生，但对时任国务院总理周恩来在当年《政府工作报告》中重申的"四个现代化"目标有深刻印象。"当时一些同学对中国到底能不能实现现代化很怀疑，现在回过头来看，中国的现代化进程超出了预期。"

对中国在短短几十年间实现从一个贫穷落后的国家跃升为世界第二大经济体的历史性跨越，罗马纳感慨："中国在发展中经历了非常曲折的过程，但最终找到了适合自己的道路。"

亲历汶川地震救援现场

罗马纳与中国关联的第二个身份是驻华记者。在担任美国广播公司北京站站长的20多年间，凭借着对中国的大量报道，他带领团队屡获大奖。

"当记者的一大好处是可以看到中国各种各样的侧面，听到许许多多故事。"罗马纳说，在深入中国大江南北采访过程中，让他印象最深的就是2008年汶川大地震。数天内，中国各地10余万部队官兵驰援灾区的场景，深深烙印在他的脑海里。自然灾害造成的严重伤亡无疑是巨大的悲剧，但也让世界看到了中国人在灾难面前的万众一心、坚不可摧。

常年报道中国的经验，让罗马纳对西方媒体建构中国形象的叙事模式十分熟悉。罗马纳表示，西方媒体片面追逐冲突、偏好戏剧性的特点，决定了一些西方媒体倾向于报道中国的负面新闻，但客观真实是新闻报道应当遵守的原则。

罗马纳认为，中国也要更好地向世界分享和解释本国的观点。中国外交部例行记者会从每月一次、到每周一次、再到几乎每天都举行的变化，就是一个很好的尝试，"中国解释自己最好的证据就是中国发展的现实"。

菲律宾巴拉望爱妮岛（菲律宾驻华大使馆供图）

"发展两国关系的最好办法"

　　罗马纳与中国关联的第三个身份是外交官。作为"中国通"，罗马纳在菲律宾对华事务中扮演着特殊角色，中菲关系很多大事件里都可以看到他的身影。在2016年8月菲律宾前总统拉莫斯访问香港的"破冰之旅"中，罗马纳曾担任代表团高级顾问。作为中菲关系的见证者和参与者，罗马纳期盼推动两国关系继续向前发展。

罗马纳十分认同杜特尔特总统提出的"菲中关系是百年大计"的主张。他表示,在杜特尔特总统的对华友好政策下,已经有越来越多菲律宾人认识到中国是朋友,而非威胁。深化对华合作不应只是哪一届菲律宾政府的政策,而是需要许多代人持之以恒付出努力的事业。

罗马纳认为,菲中在贸易、发展、基础设施、教育、科技等广泛领域有共同利益,两国分歧不应该成为沟通合作的阻碍。海上油气开发问题过去在两国关系中是一个有争议的话题,但杜特尔特总统访华期间双方宣布成立油气合作政府间联合指导委员会和企业间工作组,释放出了加强合作、共同前进的积极信号。"推进更多贸易投资与经济合作,是发展两国关系的最好办法。"罗马纳说。

对事关南海局势稳定的"南海行为准则"(COC)磋商进程,罗马纳也持乐观态度。他说,菲律宾作为中国—东盟关系协调国,希望与其他东盟成员国、中国密切合作,共同维护南海地区的和平稳定。COC已经提前完成了单一磋商文本草案的第一轮审读,"分歧和差异可以通过谈判协商解决,未来是光明的"。

(文/毛莉 张六陆 原载于《人民日报海外版》2019年12月4日第8版)

· 链接 ·

中菲外交大事记

● 1975年6月，中国国务院总理周恩来和菲律宾总统马科斯在北京签署《中华人民共和国政府和菲律宾共和国政府建交联合公报》。

● 2000年5月，菲律宾总统埃斯特拉达对华进行国事访问，与中国国家主席江泽民在北京共同签署《中华人民共和国政府和菲律宾共和国政府关于21世纪双边合作框架的联合声明》。

● 2004年9月，菲律宾总统阿罗约对华进行国事访问，双方发表《中华人民共和国政府与菲律宾共和国政府联合新闻公报》。

● 2005年4月，中国国家主席胡锦涛对菲律宾进行国事访问，双方发表《中华人民共和国与菲律宾共和国联合声明》，两国领导人确认建立致力于和平与发展的战略性合作关系。

● 2007年1月，中国国务院总理温家宝对菲律宾进行正式访问，双方发表《中华人民共和国与菲律宾共和国联合声明》，愿共同全面深化中菲致力于和平与发展的战略性合作关系。

● 2011年9月，菲律宾总统阿基诺对华进行国事访问，双方发表《中华人民共和国与菲律宾共和国联合声明》。

● 2016年10月，菲律宾总统杜特尔特对华进行国事访问，双方发表《中华人民共和国与菲律宾共和国联合声明》。

卡达亚万节　Glen Ticzon / 摄

● 2017 年 11 月，中国国务院总理李克强对菲律宾进行正式访问，双方发表《中华人民共和国政府与菲律宾共和国政府联合声明》。

● 2018 年 11 月，中国国家主席习近平对菲律宾进行国事访问，双方发表《中华人民共和国与菲律宾共和国联合声明》，两国领导人一致决定建立全面战略合作关系。

● 2019 年 8 月，菲律宾总统杜特尔特对华进行正式访问，双方宣布成立油气合作政府间联合指导委员会和企业间工作组。

（整理 / 张六陆　原载于《人民日报海外版》2019 年 12 月 4 日第 8 版）

· 采访手记 ·

这位大使就像"邻家爷爷"

记者:"哪些中国人在菲律宾有名?"

罗马纳:"(在菲律宾)我们都知道巩俐、章子怡、张艺谋、姚明,当然熊猫更是大明星!"

记者:"您最喜欢看的中国电影是什么?"

罗马纳:"巩俐演的《菊豆》。"

记者:"您最喜欢的中国小说是什么?"

罗马纳:"《三国演义》。"

……

在采访菲律宾驻华大使何塞·圣地亚哥·罗马纳时,《我在中国当大使》栏目组与大使来了一组快问快答。采访当天,栏目组即以 Vlog(视频博客)的形式将这组有趣的互动画面传递给海外网的上千万用户。

这组看似即兴的快问快答,实际上是栏目组精心设计的一环。迄今为止,《我在中国当大使》栏目已经专访了30多位驻华大使,栏目组每次都会结合大使本人履历及与中国关系大背景"量身打造"采访提纲、设置采

罗马纳在华留学时的学生证（罗马纳供图）

访情景。"亲切的邻家老爷爷"，是栏目组希望向受众传递的罗马纳大使形象。

采访前，栏目组主动跟大使馆联络，拿到了罗马纳大使的简历，他与中国打交道近40年的经历引起了我们的关注。一方面，大使在华的时间比栏目组所有人年龄都要长，这位亲身经历了中国巨变的老朋友，他的中国故事一定有许多能引发中国受众内心共鸣；另一方面，大使的身份几经转换，从在华留学生到驻华记者再到大使，这位长期观察中国的"中国通"，他会更客观、更全面地向海外读者解读中国、介绍中国。

为了挖掘罗马纳大使在中国的各种往事细节，栏目组不仅在提纲设计上反复推敲，更在采访形式上随机应变，有关在中国的个人生活部分，我们特别请大使用中文作答。从粮票肉票到汶川地震，从姚明到巩俐，从《三国演义》到《卧虎藏龙》……在轻松愉快的采访氛围中，大使谈天说地，回忆往事，分享见闻，彼此之间没有隔阂和距离。

"我是'老外'！""那部电影，叫什么虎什么龙来着？"……采访中，

罗马纳（左）在中国当记者时留影（罗马纳供图）

大使的话时常引来现场满堂大笑。这般轻松愉快的对话氛围，也通过我们的文字、图片和镜头抵达海内外用户，让受众实实在在感受到中菲关系的人情味儿。

（文／张六陆　原载于《人民日报海外版》2019年12月4日第8版）

葡萄牙
Portugal

我/在/中/国/当/大/使

丰沙尔马德拉岛（葡萄牙旅游局供图）

"我被中国先进科技吸引了"

——访葡萄牙驻华大使杜傲杰

杜傲杰大使接受《我在中国当大使》栏目组采访　付勇超/摄

一尊佛像摆放在大厅正中,若干中式橱柜静置于四周,橱柜上摆放着琳琅满目的青花瓷、唐三彩、白玉玺……最特别的是,在大厅一角,还有一张精雕细刻的八仙桌,桌上整整齐齐码放着四串麻将手牌。偌大的厅内布置充满浓郁的中国风,若不是门口摆着杜傲杰大使与家人的合影,以及茶几上放着《葡萄牙新闻传播史》《葡汉辞典》等书籍,恐怕很难想到这里是葡萄牙驻华使馆。

对于葡萄牙驻华大使杜傲杰来说,在2017年被任命为驻华大使之后,他对中国的逐步认识和了解,是一场从"印象派"到"写实派"的"发现之旅"。

心怀"学习之心"走进中国

曾任葡萄牙驻莫桑比克大使、葡萄牙总统外交政策顾问等职的杜傲杰坦言,出任驻华大使之前,他与中国的交集并不多,但这并不影响杜傲杰大使对中国的向往。"我一直非常想来,中国文化非常吸引人,同样也能丰富人、充实人。"

为了更好地了解中国,赴任之前,大使专门前往位于里斯本的孔子学院学习中文,并根据葡萄牙文名字的谐音取了一个地道中文名——杜傲杰。大使还心怀一份"学习之心"来到中国,"我在这儿发现了中国古老而又强大的文明、中国社会的快速发展以及中国人民坚忍不拔的品质。当我越

杜傲杰大使参观2019年北京世界园艺博览会（葡萄牙驻华大使馆供图）

了解这些,就越喜欢中国文化。"

除了诗歌、哲学、音乐等绵延千年博大精深的中华文化,70年来新中国"爬坡过坎"取得的巨大成就,也让杜傲杰大使产生浓厚兴趣。初来中国,大使就被中国先进科技水平"震惊"到了,"曾经我以为中国产品的科技含量不高,当我看到飞驰的高铁、井然有序的高铁站,确实颠覆了我既往的对华认知"。

虽然日常公务千头万绪,杜傲杰大使依然会抽空阅读与中国有关的书籍。不过,在大使看来,纸上得来终觉浅,读书只是认识中国的第一步,是一种"印象派"的浅层次观察。"很多时候,西方人看待中国是主观的,报道、书籍也往往带着作者自己的价值观,有时候甚至会扭曲事实。"想要真正了解中国,还需要设身处地去看、去发现、去交流,"我总是劝说我在葡萄牙甚至其他国家的朋友'去亲眼看看中国吧'。"

作为"高铁粉"感受中国

"西方火车去,东方列车来。"采访中,杜傲杰大使一再提及高铁,直言

杜傲杰大使夫妇共同出席庆祝中华人民共和国成立70周年大会
（葡萄牙驻华大使馆供图）

自己是"中国高铁的粉丝"，并给予了高度评价："中国高铁有速度，又舒适，相比其他火车非常有竞争力。"在杜傲杰大使看来，高铁是中国作为世界科技强国的代表性标志之一，"这可能是我在中国使用最频繁的高科技产品。"

让杜傲杰大使"震惊"的不只是高铁的时速，还有中国科技的发展速度。过去很长一段时间里，"中国制造"在葡萄牙人乃至西方人眼中科技含量并不高，往往是因为价格优势才产生市场竞争力。在亲眼见证中国经济社会发展变化后，杜傲杰大使意识到中国制造已经具备科技领先优势。作为"高铁粉"，杜傲杰大使不但亲自搭乘高铁出行，还会邀请从葡萄牙远道而来的亲朋好友共同体验"中国速度"，"让他们明白，葡萄牙的火车如今确实比不上中国高铁"。

飞驰的中国高铁成为杜傲杰大使及其朋友认知中国发展的一张名片，而在500多年前，来自葡萄牙的船队率先打开了两国交往的大门。

"陆止于此，海始于斯"，位于欧洲最西南端的葡萄牙早在16世纪就曾跨越欧亚大陆，将中国的丝绸、茶叶、瓷器运往欧洲，还将中国文化与艺术带到了伊比利亚半岛，深深地影响了葡萄牙和欧洲的文化。如今，葡萄牙人在教堂、车站等公共建筑上大胆地使用被他们称为"广州蓝"的瓷砖铺设瓷砖画，普通民众则用这种瓷砖装饰自家房屋外墙、阳台等地，形成了全民"广州蓝"的风潮。

通过"舌尖美食"了解中国

虽相隔万里，葡萄牙却与中国拥有相似的美食文化。对两国人民来说，"热情好客"与"把酒言欢"都是非常重要的待客之道，新婚之日、乔迁之喜也都需要"摆宴席"。驻华两年多，杜傲杰大使走过中国不少省份和城市，丰富多样的饮食文化成为他了解中国的一个独特窗口。

谈及中国美食，杜傲杰大使如数家珍："我喜欢北京烤鸭，也喜欢广东菜，喜欢那种'蒸'出来的菜肴，因为它保留了食物最真实的味道。"最让他念念不忘的中国味道，是在广西漓江的一次经历，"我们去了当地一个瑶族村寨。"杜傲杰大使回忆说，"把糯米塞进竹子蒸熟后食用，可以尝到糯米的香甜软糯、竹子的清香扑鼻。"虽然完全记不住这款食物的中文名，但其独特的味道始终留在大使记忆中。

快速拉近中葡距离的，除了美食文化，还有贸易交流。目前，中国已成为葡萄牙在亚洲的第一大贸易伙伴。2018年，中葡双边贸易额达52.4亿欧元，同比增长7.27%。中国对葡投资超过90亿欧元，涉及能源、电力、金融、保险和健康医疗等多个领域。同时，葡萄牙对华出口产品也日趋多元化，除了传统的汽车、矿产品之外，农产品、服饰和时尚家居等高质量、高端及定制类产品也成为中国消费者青睐的产品。"我期待未来继续强化中葡经贸关系，这是双赢的好事。"杜傲杰大使说。

（文/牛宁　聂舒翼　原载于《人民日报海外版》2019年12月13日第8版）

我在中国当大使

· 采访手记 ·

这个使馆竟然有张麻将桌！

探访葡萄牙驻华使馆之前，《我在中国当大使》栏目组还在发愁："面对葡萄牙这样一个遥远的西方国家，他们的驻华使馆会不会缺少中国元素？这一期能不能拍到'料'？"

进入使馆院门，我们才得知，杜傲杰大使特意安排我们在办公楼后的官邸进行采访。既是官邸，想来能拍到不少大使日常生活的"干货"。至此，我们忐忑的心，稍稍平复了一些。

走进大使官邸一楼门厅，浓郁的中国风迎面扑来：大厅中央摆放两盏"和氏璧"形状的玉玺，旁立一座一人高的红木佛龛。继续前行，进入第一间正厅，古色古香的黑柚木桌分列两侧，多张大使个人工作照与家人的生活照置于其上。再往里走，两张酒红色妆奁靠墙而立，厅中搁着一张透明的玻璃茶几，茶几中央摆放一尊脸盆般大小的青花瓷盆，旁边还放着若干锦鲤造型的瓷盆、瓷碗。再往里走，另有一厅，这里的中国风更加浓郁：一尊石刻佛像立于厅中案上，佛像面部斑驳龟裂，颇有古意。以佛像为中心，周围散布式摆放着十几本中文书籍，仔细观之，不仅有《大象旅行记》

葡萄牙驻华大使官邸内景 付勇超/摄

《所有的名字》等诺贝尔文学奖获得者、葡萄牙作家萨拉马戈的著作,还有《葡萄牙新闻传播史》《葡汉辞典》等实用工具书。

此时,我们的心已完全被意料之外的喜悦占据,栏目组不停感叹:"这个大使馆,太有料了!"摄像师一刻不停,推特写、拉全景,把佛像、陶瓷、妆奁、唐三彩等与葡萄牙使馆似乎格格不入的物件一一记入镜头,至此,这期短视频内容已"干货十足"。

这时,栏目组又在第一间正厅的角落有了"惊人发现"——一张胡桃木色的八仙桌,南北两侧放置两把胡桃木色太师椅,桌面上还整整齐齐摆放着四串麻将手牌,仿佛随时准备来人"搓一把"。

里斯本 MAAT 博物馆（葡萄牙旅游局供图）

　　这个意外发现，不仅成为接下来采访大使的暖场词——杜傲杰大使打趣称"中国麻将太难学，至今没学会"，迅速拉近了彼此距离，也成为采访后期推出的短视频主题——《这个大使馆竟然有张麻将桌！》，在短短20秒的时间里，运用快进、转场等Vlog（视频博客）特效手段，原汁原味地展示了使馆官邸内景。由于角度新颖、主题有趣，该条短视频推出1小时内，在微博、抖音、快手等短视频平台播放量就超过20万，收获逾2万人次的点赞、互动，不少网友留言称"这个大使馆好接地气""大使平时会不会'三缺一'啊？""中华文化果然博大精深"等。

　　采访中，杜傲杰大使向我们敞开心扉，从东西哲学聊到饕餮美食，从瓷器绘画聊到高铁科技，对话细节之处无不凸显中葡两国的交往故事，也给报道提供了更多的"好料"。采访结束前，杜傲杰大使对着我们的镜头，向中国人民发出了邀请："葡萄牙那么美，请大家来看看！"

（文／牛宁　原载于《人民日报海外版》2019年12月13日第8版）

· 国家人文地理 ·

葡萄牙三大"迷人之处"

航海之国

葡萄牙位于欧洲西南端。几百年前,葡萄牙的祖先扬帆起航,揭开了大航海时代的序幕,使得葡萄牙成为有名的海上强国。作为欧洲第一批崛起的帝国,有人从这里出发,发现了新大陆,第一次证明了"地球是圆的"。

如今,葡萄牙人用各种方式纪念他们的航海先驱,在首都里斯本的特茹河边,矗立着航海纪念碑。上面雕刻着以500年前引导航海的恩里克王子为首的葡萄牙籍航海家,临近的贝伦塔作为大航海的起点,也是自古以来的地标建筑。在葡萄牙第二大城市波尔图,有一所"发现世界"博物馆,这里用独特方式将大航海时代的信息记录下来,生动地展示给往来游客。

因为航海,葡萄牙诞生了国粹艺术法多(被葡萄牙人誉为国宝的传统音乐)。里斯本的法多以女子思念远航的丈夫为主题,激昂悲怆,而另一个以法多闻名的城市科英布拉,是世界第二古老大学的所在,这里的法多则倾向于歌颂学生时代的爱情。

加亚的传统运酒船（葡萄牙旅游局供图）

航海同时带给了葡萄牙优雅的瓷砖画。瓷砖画作为葡萄牙特色的装饰艺术，目前正被积极地弘扬和传承。

美食之国

1820年葡萄牙热罗尼姆斯教堂的教士们，使用鸡蛋和面粉，制作了一款甜点，在教堂附近售卖。这款甜点后来成为葡萄牙闻名世界的美食名片——葡式蛋挞。19世纪末，蛋挞被带到了澳门，后来成为澳门著名小吃。

不过，与澳门的蛋挞相比，葡萄牙"原版"蛋挞馅更甜、皮更脆，吃起来也更让人回味。正宗的葡萄牙蛋挞从卖相上看与在中国买的葡式蛋挞差别不大，甚至比肯德基的蛋挞还要小一点儿。但是一把它拿到嘴边，便能闻到浓浓的甜香。咬上一口,甜中带香,不黏不腻,口感恰到好处。

如今,葡式蛋挞已是一款无国界的甜点,但在正餐食谱里,葡萄牙最具国际口碑的招牌菜,是鳕鱼。葡萄牙人一年要吃掉25万吨鳕鱼,相当于全世界年捕捞量的1/5。

软木之国

葡萄牙是世界上第七大葡萄酒生产国,即便是盛产葡萄酒的法国,每年也要进口大量的波特酒。葡萄牙全境产酒,拥有超过250种本土特有的葡萄品种,酿酒传统根植于葡萄牙的历史与文化。

鲜为人知的是,世界上各大葡萄酒生产国,都依赖葡萄牙另一款特产——封存葡萄酒的软木塞。在葡萄牙,流传着这样一句谚语:关心孙辈,就种一棵栓皮栎。栓皮栎即软木橡树,其树皮是制作软木塞的原材料。它也是葡萄牙的国树。葡萄牙每年生产60亿个软木塞,如果将它们连接起来,可以绕地球7圈。

栓皮栎对于葡萄酒产业的重要性不言而喻,更何况这种林木对于维持葡萄牙生态环境的平衡具有重要意义。软木橡树林能够很好地适应欧洲南部的半干旱地区,可用于防止沙漠化,是许多动物和植物的理想栖息地。葡萄牙的栓皮栎林为200多种动物提供理想的生存环境,而且在林中每平方米有135种植物,其中许多用于医药、芳香剂和烹饪等方面。葡萄牙栓皮栎林被环保组织视为世界35个生物多样性热点地区之一,其重要性可媲美被誉为"绿色天堂"的亚马孙河雨林、安第斯山脉或婆罗洲等。

(文/牛宁 原载于《人民日报海外版》2019年12月13日第8版)

俄罗斯
Russia

我/在/中/国/当/大/使

莫斯科红场(俄罗斯驻华大使馆供图)

把华为手机作为礼物带回国送亲戚
——访俄罗斯驻华大使安德烈·杰尼索夫

俄罗斯驻华大使安德烈·杰尼索夫　唐　哲/摄

我在中国当大使

> "我朋友的孩子们,他们从小学,甚至从幼儿园,就开始学习汉语。"俄罗斯驻华大使安德烈·杰尼索夫在接受人民日报海外网专访时表示。2019年6月在中国国家主席习近平对俄罗斯进行国事访问并出席第二十三届圣彼得堡国际经济论坛之际,杰尼索夫指出,两国人文交往是俄中关系平衡稳定的重要见证,如今越来越多的俄罗斯人学习汉语。

谈"汉语热":朋友的孩子们从幼儿园就开始学汉语

2019年4月1日,俄罗斯首次举办俄国家统一考试汉语科目考试,汉语成为俄罗斯继英语、德语、法语和西班牙语之后的第五种全国统考外语科目,来自全俄43个地区的289名考生报名参加了此次汉语考试。

"越来越多的俄罗斯民众对汉语感兴趣,我朋友的孩子们,他们从小学,甚至从幼儿园,就开始学习汉语。"杰尼索夫表示,"俄罗斯人对汉语有需求,也有兴趣,我对此非常乐见。"

杰尼索夫本人就是个"汉语通"。他已经在中国工作了40年,学习中文的时间长达50年。他指出,俄罗斯的"汉语热"不仅仅是培养会讲中文的人,更要培养在航空航天、核能、能源、法律、经济等专业领域的中文人才。"这些学生不再需要在中国从零开始学习汉语,而是从小就具有很好的汉语基础。这(汉语作为俄罗斯国家考试科目)是非常积极的事情。"

谈"中餐热":中国朋友告诉我选中餐有两条标准

汉语被纳入俄罗斯国家考试只是中俄人文交流日益活跃的一个缩影。2006年开始,中俄先后举办"语言年""旅游年""青年友好交流年"等活动,为两国人文交流搭建平台,促进两国人民友好交往。

杰尼索夫表示,中国现在已经成了俄罗斯人的热门话题,你能看到越来越多的俄罗斯网民谈论看中医、练武术、吃中餐。他说,现在俄罗斯的中餐馆越来越多,以至于自己回莫斯科时都要问中国朋友哪家中餐馆更好,而他们回复有两条标准:有中国厨师掌勺和中国顾客光顾才是正宗的中餐厅。

2016年杭州G20峰会期间,俄罗斯总统普京带了一箱俄罗斯冰淇淋作为国礼,立刻成了中国街头的"网红"食品。如今俄罗斯冰淇淋已经出现在中国多地的超市冷柜里。

除此之外,来自俄罗斯的冷冻鱼、大豆、面粉等都摆上了中国百姓的餐桌。"俄中两国正在讨论开通定期将俄农产品出口到中国的'粮食走廊',我希望我们两国的农产品合作可以长期发展。"杰尼索夫表示,"近几年,两国在这一领域的合作实现了增长,我希望还会更进一步增长。"

谈经贸合作:自己也用华为手机,还带回国送亲戚

谈及经济领域合作,杰尼索夫表示,20世纪90年代在俄驻华使馆工作时,俄中双边贸易额仅为50亿美元,"当时我们也提出100亿美元的目标,但当时觉得实现起来很困难"。实际上,2018年俄中双边贸易额达到创纪录的1070.6亿美元,中国已成为俄罗斯第一大贸易伙伴。

目前双方在能源、农业等传统领域的合作发展很快。俄方也希望高科

技产品在双边贸易投资比例中进一步提高。

杰尼索夫透露,他自己就正在使用一部华为手机,也曾将华为的手机和平板电脑送给莫斯科和圣彼得堡的亲戚。"我更希望看到两国贸易产品中出现更多的高科技含量商品,我希望未来更多的中国电子产品出口到俄罗斯。"

2019 年是俄中建交 70 周年。过去 70 年来,两国关系经历了风雨考验、历久弥坚。杰尼索夫指出,当前俄中关系处于历史最好水平,两国建立的全面战略协作伙伴关系成为国家关系的典范。"当前国际形势出现了很多令人不安的因素,而俄中双边关系是平衡、友好、向前的。对世界而言,俄中关系最重要的意义就是起到了稳定性作用。"

(文 / 聂舒翼　原载于 2019 年 6 月 5 日人民日报海外网)

· 大使说 ·

"两会召开是一个积极信号"

"27年前,我跟随俄罗斯外交使团第一次参加了中国两会开幕式。这是很难忘的经历。"两会前夕,俄罗斯驻华大使安德烈·杰尼索夫在接受海外网专访时,提到了与中国两会的特别缘分。

对今年的两会,杰尼索夫尤为期待。他认为,两会召开对于中国人民及国际社会来说都是一个积极信号。在与新冠肺炎疫情进行了艰苦卓绝的斗争后,中国社会正在走向正常化。

杰尼索夫表示,今年两会的所有议题都备受关注,而"关于经济社会发展的议题将最受瞩目"。在他看来,在疫情冲击全球经济的背景下,中国如何设定经济增长目标,中国工业、农业等领域如何发展等话题都为国际社会所关注。

杰尼索夫表示,2020年是中国全面建成小康社会目标实现之年,也是全面打赢脱贫攻坚战收官之年。近年来,中国多措并举,实现了贫困人口数量大幅下降。在疫情冲击下中国将如何完成既定目标备受外界瞩目。此外,杰尼索夫对即将审议的民法典草案充满兴趣,该法典对中国人未来生

俄罗斯雾凇朦胧之美（俄罗斯驻华大使馆供图）

活有指导意义。

谈到俄中双边关系，杰尼索夫对经历疫情考验的俄中关系前景充满信心和期待，"俄中关系已经很好了，我们希望未来会更好"。

杰尼索夫表示，疫情虽然给俄中经贸往来带来了一些困难，但负面影响并不严重。从2020年第一季度数据看，两国贸易额比去年同期仍有所增长。杰尼索夫预计，无论是贸易额、合作水平还是潜在增速，俄中两国经济合作将有更大突破。

杰尼索夫举例说，俄中跨境电商合作未受到疫情冲击，未来仍有巨大发展潜力。跨境电商合作不仅对俄中合作意义重大，还对全球贸易有积极意义。要为跨境电商发展建立双边或多边合作的通行规范，创造有利营商环境。

留学生往来是俄中人文交流的重要内容。杰尼索夫表示,近年来,两国学生到对方国家留学的人数创历史新高,双方在人文领域的合作达到了较高水平。疫情下两国留学生的处境是杰尼索夫十分关注的问题。他说,受疫情影响,两国留学生如何回国、如何继续学业等问题牵动人心。"我们要帮助俄罗斯留学生顺利完成学业,同样也要这样帮助中国留学生。"

(文/张六陆 张琪 原载于《人民日报海外版》2020年5月22日第8版)

· 采访手记 ·

大使用这句古诗形容俄中文化交往

俄罗斯是中国的北方近邻，两国交往源远流长。近些年，在两国元首的推动下，中俄关系迈入历史最好时期。《我在中国当大使》栏目组受俄罗斯驻华大使馆之邀参加了北京俄罗斯文化中心十周年庆祝活动时，真切感受到两国人文交往之紧密。

走近北京俄罗斯文化中心，一股浓郁的俄罗斯风情扑面而来：中心正门口摆放着一尊苏联宇航员加加林的雕塑，他是最为世人熟知的俄罗斯面孔之一；展厅里的画板展示的是中心师生的绘画作品，从中可以看到白桦林、雪原、贝加尔湖等俄罗斯经典艺术意象；背景音乐是极富俄罗斯风情的传统曲目，其中就包含中国人非常熟悉的《喀秋莎》……"欢迎您来到北京俄罗斯文化中心！"中心俄方工作人员用流利的中文和灿烂的笑容迎接每一位宾客的到来。在栏目组采访的使馆中，俄罗斯使馆外交官们的中文平均水平绝对可以排在前列。他们中不少人都有在中国学习的经历，是中俄人文交往的亲历者和见证者。

俄罗斯驻华大使杰尼索夫本人就是一位不折不扣的中国文化爱好者。

北京俄罗斯文化中心　吴正丹／摄

在中国工作生活多年,杰尼索夫自称是"老北京人"。深研儒家文化,广读唐诗宋词,已经成为杰尼索夫大使生活的一部分。他在现场致辞中表示,俄中两国在各领域的务实合作蓬勃发展,这一切符合两国的根本利益。俄中文化交流更是成为两国战略协作的重要组成部分,为双边关系奠定了坚实的社会基础。致辞的最后,杰尼索夫用中文念出了《荀子·劝学》里的一句话"玉在山而草木润,渊生珠而崖不枯",用以形容中俄文化交往的润物无声、风化于成。

俄罗斯北极圈的极光奇观(俄罗斯驻华大使馆供图)

得益于诸如北京俄罗斯文化中心这样的双边文化交往机构,更得益于两国千千万万投身于中俄友好的参与者,两国人文交往才会有今天的温度、高度、深度和广度。

(文/张六陆 原载于2021年5月28日人民日报海外网)

韩国
South Korea

我/在/中/国/当/大/使

庆州东宫与月池冬景(韩国驻华大使馆供图)

"《论语》名句是我的座右铭"
——访韩国驻华大使张夏成

韩国驻华大使张夏成　付勇超/摄

我在中国当大使

"韩中友好，步步登高。"韩国驻华大使张夏成近日在大使官邸接受人民日报海外网采访时，用中文对韩中关系未来给予了美好祝福。"我爱吃北京烤鸭、四川火锅……"担任驻华大使仅几个月，张夏成却对中国菜如数家珍。除了美食，张夏成还强调自己的座右铭来自《论语》，并且喜欢张艺谋导演的电影。可以说，张夏成自身经历就体现出中韩文化的碰撞与交融，也架起了一座中韩人文互联互通的桥梁。

盼韩国人了解当代中国

张夏成非常了解中国文化和中国社会，他从小就深受中国传统文化的影响，年轻时喜欢读中国古典文学作品。"《论语·雍也》中的名句'知之者不如好之者，好之者不如乐之者'是我的座右铭。之前在美国读书时，是这句话让我克服了许多困难，它是我的心灵支柱。"

张夏成的个人体会，也折射出很多韩国人对中国文化的亲近感。张夏成介绍，不少韩国年轻人都读过《三国演义》《楚汉演义》等中国历史题材小说，《甜蜜蜜》和《月亮代表我的心》是KTV常备曲目。

在张夏成眼里，中国的现代美术也非常吸引人。韩美林、吴为山等一批当代中国艺术家的作品令张夏成印象深刻，他还专门参观过在国家博物馆举办的相关展览。

此外，在韩国高丽大学教中国留学生、在中国高校交流的经历也让张夏成对中国学生和中国教育有了更深的了解。他发现，韩中两国高考竞争文化都有相似之处，为了在激烈的高考中脱颖而出，往往是"一人高考，全家上阵"。张夏成希望，在中国传统文化之外，能够让更多韩国人了解当代中国文化。

在解释人文交流对两国关系发展的重要性时，张夏成表示，两国关系的亲疏不是单纯由地理距离决定的。两国只有民心相通、文化相通才能有更多的交流。韩妆在中国的流行便是两国青年情感相连的一个例证。"为了让韩国文化和中国文化能有更多交流，我希望韩中青年间的交流能更加活跃。"

助推韩中不断扩展合作

如果说人文交流是中韩关系发展的"润滑剂"，那么经贸往来的深入发展则是中韩关系的"助推器"。

中国是韩国第一大贸易伙伴国、进口来源国和出口对象国，韩国是中国第三大贸易伙伴国、第一大进口来源国和第三大出口对象国。2018年，中韩贸易额为3134.3亿美元，比2017年增长11.8%。2018年，中国对韩投资额也较2017年增长了57.1%。张夏成表示，与建交初期相比，韩中两国贸易额增加了40余倍。

展望两国经贸关系发展前景，张夏成十分乐观。他高兴地表示，在6月召开的二十国集团领导人大阪峰会上，韩中两国元首共同表示将加快韩中自由贸易协定第二阶段谈判。这意味着，两国将不断扩大贸易、科技、财经、环保等领域合作，是非常积极的方向。

张夏成分析，韩中建交初期，许多韩国企业来华主要是为了便宜的劳动力成本。如今，三星、现代等韩国企业来华追求的则是技术以及广阔的

长城郡白羊寺白鹤峰（韩国驻华大使馆供图）

市场。随着中国经济转型升级，韩中经贸往来也应该超越以制造业为中心的格局，扩大到服务业和投资领域。张夏成表示，未来他将着力推动韩中经贸合作下沉到地方层面，拓宽保健医疗、文化产业、生态环境、技术等更多领域的合作。

看好中国经济发展潜力

张夏成对两国经贸合作的信心，很大程度上来源于对中国经济的信心。

在驻华大使的身份之外,张夏成还是一名经济学家。曾在中国证监会国际顾问委员会任委员长达8年的经历,让张夏成对中国经济有了第一视角的观察。

对改革开放以来中国经济的飞跃式发展,张夏成深感钦佩。他特别谈到,在解决近14亿人口的脱贫问题上,中国取得了前所未有的成就。

对当前中国经济从高速转向中高速发展的新阶段,张夏成也分析中肯。他表示,2018年中国人均国民总收入已经接近1万美元。从世界经济发展的规律看,在这个阶段还要求中国经济保持两位数增长是不合理的。考虑到中国的经济体量,目前保持6%—6.5%的增长速度实际上已经十分可观。

张夏成认为,支撑未来中国经济增长有两大关键性因素。一个因素是科技创新。虽然在一些领域中国与发达国家还存在差距,但在一些前沿领域中国已经开始领先。另一个因素是近14亿人的国内市场,这是中国独特的优势。以一个如此庞大的市场为基础发展服务业,无疑将释放出中国经济发展的巨大潜力。

张夏成注意到,当前中国在扩大对外开放的同时,也加强了对国内市场的重视。"中国做出了一个明智的选择。"张夏成说。

(文/戴尚昀　原载于《人民日报海外版》2019年8月12日第8版)

·采访手记·

听韩国大使讲段子

顶着盛夏的毒辣日头,扛着40斤重的摄像器材,《我在中国当大使》栏目组出发前往韩国驻华大使官邸。付勇超是栏目组的摄像"担当",满载机器镜头的背包在他的肩头勒出深深的痕迹,高温的烘烤让汗水浸透了他的衣衫。

艰苦的拍摄环境并没有减退采访组的工作热情,走进院落大门,我们敏锐地将镜头对准了带有浓郁韩国风情的红蓝灯笼、庭院楼阁。采访组的导演和主持都是年轻姑娘,此时大家都顾不上防晒,顶着日头、眯着眼睛一条条进行片头片尾的口播录制。

进了官邸,采访组顾不上喝口水、擦把汗,立刻开始支三脚架、调机位、换景别、布场景……为了节约时间,复杂的架设过程仅用3分钟就完成了。"用镜头说话,让画面传情,和大家一起听听这些驻华大使讲述中国故事。"付勇超说。

挖掘驻华大使的中国故事,寻找中国与世界各国的情感共鸣点,正是海外网《我在中国当大使》栏目的初衷。此次采访韩国驻华大使张夏成,过程非常顺利。张夏成与中国缘分深厚，从中韩高考到中国美术，再到大使最喜欢的四川火锅，在我们一个个超出原定采访提纲的追问下，大使反而谈兴愈浓，对中国的亲近感溢于言表。

轻松愉悦的采访现场，还发生了不少有意思的小插曲。一直用韩语对话的大使突然字正腔圆秀了一段《论语》名句，在介绍官邸灯笼背后的韩国文化时主动"报料"和夫人的婚礼趣事，合影前大使夫人细心为大使整理头发……我们的镜

韩式定食（韩国驻华大使馆供图）

头没有错过任何一个生动画面。除了确保摄像机拍摄正常的访谈画面，一到采访现场我们的所有手机都保持相机拍摄界面，以备随时抓拍稍纵即逝的瞬间，最大限度给受众带去参与感与现场感。

对海外网《我在中国当大使》栏目全媒体报道的思路和做法，使馆工作人员主动表达赞赏。"《我在中国当大使》的图文与视频报道我们都看了，这样的传播方式非常有意思！"韩国驻华大使馆文化新闻官金万洙说，希望通过海外网覆盖海内外上千万用户的全媒体传播平台，让更多人加深对韩中友好关系的认识。

（文/牛宁 毛莉 原载于《人民日报海外版》2019年8月12日第8版）

· 国家人文地理 ·

席卷全球的"韩流"从这里来

韩国位于东亚朝鲜半岛南部,三面环海,四季分明,山区多于平原。多样的自然地理环境孕育了承上启下、兼容并蓄的风土人情,使这块土地成为文化交流的港湾。

韩民族凭借与生俱来的艺术天赋,在漫长的历史发展过程中,形成了颇具特色的民族传统文化。半岛的地理特性使得韩国同时受陆地文化和海洋文化的影响,顺应自然,形成了独创性和普遍性兼备的传统文化。从音乐、美术、文学以及舞蹈等构成韩国文化的主要艺术,到建筑、服装、饮食等各种生活方式,都显示出传统和现代相互交融、丰富多彩的特色。

最为年轻人所熟知的当数韩流文化,20世纪90年代中期,随着韩国电视剧和流行歌曲在华语圈广受欢迎,催生了"韩流"一词。这是自1992年中韩建交后,韩国的各种影视作品和歌手积极进军中国市场而结出的硕果。韩流文化近年来影响力不断扩展,已冲出东南亚,走向欧洲、美国、南美等世界更广泛地区。

韩国的首都首尔是韩国文化遗产的重要组成部分。对慕名而来的海外

韩国不断发展的国际化都市（韩国驻华大使馆供图）

游客来说，这里也是极具魅力的城市。首尔是朝鲜时代建成的城郭城市，拥有600年以上的历史。至今，现代化的另一面是市中心还保留着众多宫殿和城址等历史遗迹，街道和胡同里也保留着古代韩国人的建造工艺和气息。

韩国致力于发展开放型经济，不断扩大与世界各国的自由贸易协定，

并积极推进投资自由化。尤其是韩国为了实现"成为东北亚金融及物流枢纽"的长期目标,鼓励海外资本在韩国投资,并对海外资本投资给予各种支持与优惠。

韩国经济的优势主要体现在信息技术,即IT行业。韩国在手机、半导体、电脑及外围设备等各种领域具有竞争优势,并在为适应瞬息万变的IT市场环境不懈努力。

(韩国驻华大使馆供稿 原载于2021年5月28日人民日报海外网)

泰国

Thailand

我/在/中/国/当/大/使

泰国曼谷卧佛寺夜景(泰国国家旅游局网站)

"泰国和中国相知相通"
——访泰国驻华大使阿塔育·习萨目

泰国驻华大使阿塔育·习萨目　付勇超／摄

我在中国当大使

> 1975年7月1日,中泰在北京签署建交公报,两国关系掀开了崭新篇章。45年间,中泰并肩携手,保持两国关系健康稳定发展。在两国建交45周年之际,泰国驻华大使阿塔育·习萨目接受人民日报海外网专访,细数了两国合作的累累硕果,也表达了对"泰中合作又一个五十年"的热切期待。

做志愿者参与中泰抗疫

新冠肺炎疫情在中国发生后,泰国国王哇集拉隆功第一时间向中方致信慰问,泰国各界也纷纷为中国加油打气。在一线见证中国战疫全过程的阿塔育看到了中国人民在困难面前的坚韧,"中国的有力措施有效控制了疫情,为各国提供了宝贵经验",也感受到了泰中友谊的温度。阿塔育说:"泰国社会各界为中国人民录制了很多加油鼓劲的视频,捐赠了大量物资。如今,中国疫情防控形势持续向好、生产生活秩序加快恢复,也在为泰国做同样的事。"今年5月,阿塔育和泰国在京的外交官们一起做志愿者,他们打包了180多箱中国捐赠的医疗物资,运送给泰国的医护人员。

在抗击疫情之外,阿塔育还看到了中国在其他各个领域取得的巨大成功。"'一带一路'倡议实现了互联互通,中国科技促进了物流和医疗等领域的发展。"阿塔育表示,"中国在消除贫困上也取得了很多成就,已有8亿多中国人实现脱贫,这为国际社会提供了有益借鉴。"引起阿塔育注意的还有中国的教育,"很多中国大学毕业生在泰国取得了成功,他们能掌握中、英、泰三门语言，各项专业知识技能也很扎实，这反映出中国教育系统的强大竞争力。"

直播为泰国水果"带货"

尽管是第一次以大使的身份常驻北京，但阿塔育与中国的缘分早已结下。阿塔育表示，他很多年前就来过中国，足迹遍布大江南北。"中国是一个美丽的国家，人文和自然景观都独具魅力。"从成都都江堰到上海、广州的天际线，从北京的古庙楼宇到内蒙古的钢铁企业，阿塔育看到了中国传统与现代的完美交融。而从福建人的生活起居，更是让他真切感受到了两国文化的相知相通。"每年都会有很多泰国人来到福建，福建的食物、文化、气候都与泰国非常相似。"

据悉，泰中两国的交往可以追溯到两千多年前，正是这份长久的互动，塑造了两国相似的文化、历史和信仰。如今，"泰中一家亲"也有了更多的时代注脚。"去年庆祝中华人民共和国成立70周年之时，习近平主席授予诗琳通公主'友谊勋章'。"阿塔育说，"诗琳通公主每次到中国来，都会在社交媒体上分享行程。很多泰国人会跟随她的脚步来中国旅游。"每年大约有1000万中国游客到访泰国，也有近100万泰国游客来到中国。阿塔育还特别强调，赴泰国旅游的中国游客来自中国各地，既有大城市，也有小乡镇，这足以证明两国社会交往之深。

除旅游之外，泰中民间交往离不开美食这个载体。对于许多中国人来说，优质的水果、美味的泰餐已经成为泰国的名片。在前不久举行的"6·18购物节"上，泰国副总理兼商务部长朱林通过中国正流行的网络直播方式为泰国水果"带货"，泰国水果在中国电商平台的销量也因此迎来了爆发式增长。阿塔育表示："泰中人民都有从网上获取信息的习惯，我们正在借助抖音等平台向中国消费者介绍泰国的产品。电子商务极大地增加了商品的可视化程度，我们也打算通过这样的方式来推广泰国餐厅和泰国美食。"

两国合作还有更多可能

以坚实的民心相通为基础，阿塔育看到了两国合作的更多可能。近年来，泰中经济合作日渐加深，双边贸易额持续走高。在继续保持泰国第一大贸易伙伴的同时，中国还在 2019 年首次超越日本成为泰国第一大外商投资来源国。面对累累硕果，阿塔育仍显得有些"不满足"："在东盟国家里，泰国还不是中国最大的贸易伙伴。新加坡、印尼等国与中国的贸易量都比泰国要多，我们希望能够继续加深与中国的合作，提高泰中贸易在中国—东盟贸易中的比重。"至于如何扩大两国经贸合作，经济学出身的阿塔育也给出了自己的构想："泰中有很多可以加深合作的领域，但受制于两国并非邻国，双边贸易多以空运和海运的方式进行。未来，泰中可以单独设立双边自贸区，进一步促进两国商品的流动和销售。"

两国在区域事务上的携手而行，进一步拓展了泰中关系的边界，也丰富了双边合作的内涵。去年，泰国接棒新加坡出任东盟轮值主席国，在泰方"同心协力共同前进，可持续发展"这一理念的推动下，中国与东盟的经贸合作水平屡创新高。2019 年 10 月，中国—东盟自贸区升级《议定书》全面生效，进一步释放了自贸区的制度红利。"泰中两国都受益于中国—东盟合作的大框架，合作是全面的、具有战略意义的。"曾从事泰国东盟事务多年的阿塔育感慨，"如今，东盟已成为中国最大的贸易伙伴，这归功于中国与东盟之间庞大的自由贸易区。"而对于《区域全面经济伙伴关系协定》（RCEP），阿塔育也充满期待："RCEP 涵盖 16 个国家，覆盖人口超过 35 亿，将会是世界上最大的自贸区，为东盟与中国带来实现共同繁荣和互联互通的机遇。"

（文／张六陆　原载于《人民日报海外版》2020 年 8 月 3 日第 8 版）

· 采访手记 ·

大使官邸壁画有"玄机"

　　形态各异的大象抱枕、金光闪闪的寺庙模型、寓意深远的巨幅壁画……走进泰国驻华大使阿塔育·习萨目的官邸，一股浓郁的泰式风情迎面而来。使馆工作人员双手合十，轻轻一句"萨瓦迪卡"（泰语：你好），更是让《我在中国当大使》栏目组零距离感受到泰式热情。

　　前往泰国驻华大使馆那天，金灿灿的阳光穿透云朵洒入官邸侧翼的一间玻璃厅。会客厅里的诸多摆件在阳光照耀下仿佛镀上一层金膜，璀璨夺目，为我们的镜头更添一抹泰式色彩。

　　阿塔育大使看到我们对琳琅满目的陈设充满好奇，就主动当起"使馆讲解员"。大使首先向我们介绍位于会客厅门口的一尊神猴金像。它搁置于最显眼处的木架之上，周身以钻石镶嵌、金光闪闪，充分说明了它的地位与价值。大使介绍说，这可不是普通的"猴像"，而是化身于著名史诗《罗摩衍那》中的神猴哈努曼，"它是泰国人心中的英雄神灵，我们通常用来镇宅，就像你们中国人安置于家门口的石狮子一样"。

　　接着，大使来到正厅中央，指着一侧墙壁悬挂的巨型画卷娓娓道来：

泰国清迈契迪龙寺　　张六陆／摄

"这幅画看着是描绘亭台楼阁、小桥流水的装饰画，但其中蕴含着中泰文化交流、友谊万古长青之意。"画幅左右两侧有两座建筑，"左边这个凉亭采用了中国古代建筑风格，而右边这座寺庙则是泰国特色建筑的风格，寓意中泰文化和谐共处之精妙。"

正如这幅画卷所描绘的，中泰人文交流日趋密切，这不仅是各领域间的交流合作，更来自人与人之间源远流长的交往互信。早在15世纪，郑和下西洋开启了中泰两国的文明交流，泰国深受中华文明的影响。如今，泰国民众在生活习惯、民俗传统、语言文化等方面仍有"中国印记"。特别是近年来，不少中泰两国青年学生选择学习对方的语言与文化，在浓郁的异国文化氛围中，两国年轻人交流不断，增进情谊。

随着谈话气氛越来越活跃，我们主动问起大使如何看待在中国年轻网友中颇受欢迎的几名泰国明星。阿塔育大使笑言："这都是年轻人的事，我

泰国青迈契迪龙寺　张六陆/摄

的秘书可能更了解。"大使十分看好中泰年轻人之间的交流，他介绍，目前有超过1万名泰国人在学习中文，泰国不少学校开设了中文教学，学习中文成为泰国社会新时尚，"我们两国人民样貌相似，如果同时讲中文或泰语，没有人能区分出彼此"。

由此话题切入，栏目组特别制作了《泰国驻华大使：乐见中泰人文交流日益密切》短视频，片中植入近来在中国吸粉无数的泰国籍女歌手Lisa。视频推出24小时内播放量超58万，不少网友纷纷留言，"萨瓦迪卡""愿中泰两国友谊长存""期待更多泰国艺人来华发展"。

（文/牛宁　陆宁远　原载于《人民日报海外版》2020年8月3日第8版）

· 国家人文地理 ·

去泰国,总有惊喜等着你

当寺庙金顶在艳阳下发出的光芒弥漫眼前,当海浪呼啸与街头交通的嘈杂徘徊于耳边,当辛辣的咖喱与青柠的芬芳冲击着味蕾……泰国街头带来一场全感官的盛宴,吸引着无数海内外游客。无论是爱好美食还是好奇历史,每一名游人都能在此得到满足。

从泼水节中感受异国风情

没有什么比参加当地的节日更能够感受异国风情的了,若是千里迢迢来到泰国,不参加一场泼水节,着实会是一种遗憾。泰国泼水节原称"宋干节","宋干"一词出自梵语,指的是太阳转入黄道星座中的第一宫。这一天被东南亚人民认为是新一年开始的标志,同时也是泰国公历中的新年。

在泼水节,泰国民众会先前往寺庙浴佛、浴僧,参加宗教活动,为新的一年祈福。紧接着,男女老少走上街头,向长辈行洒水礼,祈求赐福;向同辈泼水,互道恭喜及祝福。水在东南亚文化中是祝福的象征,反映出古代人民对征服干旱、征服自然等朴素愿望。在炎热的泰国街头,淋上一

苏梅岛　张六陆/摄

身清凉，毫无寒意，反而更解暑气。

被佛塔的庄严肃穆折服

想要更好地了解一个国家的人文历史，将自身置于历史古迹之中是最好的方式。大城府古城遗址的寺庙和宫殿保存完好，是了解泰国历史的不二选择。1350年，乌通王在此建立阿瑜陀耶王国，在400年时间里，无数精美的艺术品、精巧的特色建筑在这里诞生。

大城府中心区是阿犹地亚王朝古皇宫所在地，在遗址内，还有3座建于15世纪的佛塔保存完好。百年风雨的侵蚀，却丝毫没有消减佛塔当初的宏伟与精致，其雕刻、线条、造型、建筑技巧等最具大城府古都艺术特色的细节被较好地保存下来。不少古建筑爱好者为一睹600年前的建筑风采,不远万里来到这里,被佛塔的庄严肃穆所折服。

多款美食满足游客味蕾

对于很多游客来说,想尝尝地道的泰国风味是吸引他们来泰国的主要原因。在泰国,不同地区的人有不同喜好的口味,但是无论在哪里,一口地道的咖喱是餐桌上不可少的美味。最受本地人欢迎的要数传统的辣酱咖喱。想要制作地道的辣酱咖喱可不简单,这是巧妙的食材搭配与精妙的手工技艺的结晶。将辣椒、高良姜、柠檬草等极具芳香的香料置于石臼中捣碎,再配以青柠,和新鲜的海鲜一同烹煮,一道极具泰味的辣酱咖喱便制作完成了。

来到热带,一定要尝试些新奇的热带水果。菠萝、木瓜等热带水果已是家中常见,可若是想品尝到鲜美的榴莲、芒果或是山竹等水果,还需到泰国街头,在水果摊上寻得。世上鲜有食物像榴莲这样同时占据"美味"与"臭味"两个极端,若是水果摊上有榴莲出售,远隔一条街也能闻到其散发出的刺鼻气味,但这对于喜爱它的人们,像是一条免费的广告,吸引着食客顺着气味寻找。闻之刺鼻,可将肥美的榴莲果肉放入唇齿之间时,浓郁、略含奶味的香甜在口中"炸裂"开来。榴莲中还含有丰富的营养物质,在饱尝甜美的同时又满足了身体营养的需要,实在无愧于"水果之王"的名号。

除此之外,泰国还有许多美食等待着游客。无论传统菜肴还是新式甜品,在泰国,总有一款美食能够满足食客挑剔的味蕾。

饱了口福,享了眼福,一场泰国之行,即是一场感官盛宴之旅。多彩泰国,以其独具的魅力,等待着世界各国的游客去探索。

(文/陆宁远 原载于《人民日报海外版》2020年8月3日第8版)

阿联酋
United Arab Emirates

我/在/中/国/当/大/使

迪拜七星帆船酒店（迪拜旅游局供图）

"希望再到武汉吃热干面"
——访阿联酋驻华大使阿里·扎希里

阿联酋驻华大使阿里·扎希里　季星兆／摄

坐落在阿拉伯半岛东部的阿拉伯联合酋长国有着"沙漠中的花朵"的美誉。这个充满生机与魅力的中东国度，跟中国渊源深厚。

在阿联酋驻华大使馆的墙壁上，挂满了记录两国交往历史性瞬间的照片。阿联酋驻华大使阿里·扎希里（H.E.Dr.Ali Obaid Al Dhaheri）近日接受人民日报海外网采访时表示："两国的交往可以追溯到千年之前，近年来两国互动密切，这里的每一张照片都是两国友谊的里程碑。"回顾两国友好交往史上的生动故事，扎希里表达了对进一步发展阿中关系的期待。

"阿中关系达到历史性高峰"

在担任阿联酋驻华大使前，阿里·扎希里曾在阿布扎比国家石油公司供职多年，该公司在阿联酋的经济增长和多元化发展中扮演了重要角色。这段工作经历使扎希里在经贸领域积累了丰富经验，也赋予了扎希里"理解阿联酋未来愿景和看清大局的能力"，成为他被任命为驻华大使的关键因素。

阿联酋是中国公民首站旅游人数最多的中东阿拉伯国家，阿联酋在中东国家中率先获得持普通护照公民赴华免签待遇，阿中合作建设的迪拜700兆瓦光热发电项目是全球规模最大、技术最先进的光热电站……这一个个"最"，足以说明中国在阿联酋对外关系中的重要性。在扎希里看来，到中国当大使是"施展所长，回报祖国"的机会。

扎希里表示，阿联酋与中国的关系达到了"历史性的高峰"，阿联酋人民越来越有兴趣了解中国的语言与文化。扎希里希望通过他的工作，推动两国不同领域的民间交流更加频繁，"为两国的发展添砖加瓦"。

中国战疫"值得全世界感谢"

2020年是扎希里来华履职的第三年，新冠肺炎疫情给了他加深对中国认识和理解的新视角。

自疫情发生以来，扎希里一直在北京工作。作为中国战疫的亲历者和见证者，扎希里用"无声的尊严"来形容中国人在疫情面前展现出的精神面貌。从"防疫期间继续从事食品供应等重要工作，保障社会生活运转的无数劳动者"身上，扎希里看到了"中国劳动人民的坚强"；从"顶着巨大风险、冒着生命危险长时间工作，竭尽全力拯救生命的护士和医生"身上，扎希里看到了伟大的无私奉献精神，"他们尽最大能力有效减少了感染人数，挽救了许多中国人的生命，最终通过蝴蝶效应，其实也挽救了世界各地很多人的生命。这些无私奉献的中国人值得全世界感谢"。

为了表达对中国抗击疫情的支持，阿联酋在世界第一高楼哈利法塔点亮中国红、打出"武汉加油"的条幅，让许多中国人深受感动。扎希里表示："俗话说'患难见真情'，我很高兴我们能同中国人民站在一起，携手抗疫。"

随着疫情形势持续向好，扎希里对未来的在华生活充满了期待。同许多人一样，他希望可以与亲人和朋友重聚，"坐在餐厅里谈天说地，倾诉彼此的故事"。此外，热爱旅游的大使一家还想多出去走走，到甘肃、虎跳峡、大圩古镇……来一场领略中国文化魅力的探索之旅。

在众多目的地中，扎希里特别提到了湖北和武汉："我期待可以与家人去武汉和湖北旅游，品尝湖北名吃热干面。上次到湖北时，我们就一起尝过这么美味的小吃。"在他看来，与过往生活的"久别重逢"，正是中国经济社会复苏的积极信号。

推动中文教育落地阿联酋

扎希里高兴地看到,随着中国经济回暖,由于疫情取消或者延期的很多会议和论坛都在迅速重启。着眼"后疫情时代"推动阿中关系发展,是扎希里的最重要关切。

在人文领域,扎希里表示,进一步推动中文教育落地阿联酋是一大方向。"阿联酋36万年薪聘汉语老师"的话题曾一度在中国社交媒体引发热议。扎希里介绍,2019年9月启动的中文课程项目进展顺利,目前已招收150名汉语教师,在指定的公立学校承担7到12年级的教学任务,2019—2020学年用的课本就叫《跨越丝路》。扎希里透露,双方互设文化中心的计划也在稳步推进中。

在科技领域,扎希里看到了双边合作的新增长点。两国在携手抗疫方面的科技合作给了扎希里很大的信心。扎希里表示,阿联酋拥有中国以外最大的新冠病毒检测实验室,"通过这个实验室,阿联酋与中国正在共同开展科学研究,我们看到了双方在科学领域进一步合作的机会"。

扎希里以人工智能领域举例说,到2030年人工智能应用对全球经济增长贡献率将达到45%。人工智能带来的最大经济收益来自中国,而迪拜则在吸引外国直接投资用于人工智能方面排在全球第一位,两国推动人工智能合作前景广阔。

在共建"一带一路"方面,扎希里表达了阿中合作的坚定信心。扎希里认为,疫情不会扭转"一带一路"建设的势头,"一带一路"仍然是解决全球基础设施需求的最佳方案。到2040年,全球基础设施的投资缺口将达15万亿美元,届时全球基础设施作为拉动国内生产总值增长的推手,重要性将变得与日俱增。

(文/张六陆 原载于《人民日报海外版》2020年6月29日第8版)

· 大使说 ·

阿中共筑百年繁荣

在抗击新冠肺炎疫情期间，阿中两国展现出了十分牢固的双边关系基础。

在疫情暴发伊始，阿布扎比王储兼武装部队副总司令谢赫·穆罕默德·本·扎耶德殿下就向中国表达了关切和支持。他说："阿联酋已经做好准备向中国提供一切支持，并与国际社会合作，共同应对疫情。"哈利法塔和阿联酋国家石油公司总部等许多阿联酋著名地标建筑都曾经点亮中国标志，表达与中国的团结一心。

这反映了阿中两国之间蓬勃发展的关系，与此同时双边合作也在众多领域不断拓展。在 2019 年 7 月对中国进行国事访问期间，谢赫·穆罕默德·本·扎耶德殿下宣布了阿联酋和中国共筑百年繁荣的路线图。

这一长期愿景包括阿联酋与中国合作制定在阿联酋 200 所学校教授中文的计划。此外，作为与中国签署的双边协议的一部分，中方在阿联酋开设中国文化中心的项目正在推进之中，与此同时，阿方也将在北京开设阿联酋文化中心。这些举措将加深阿联酋和中国人民彼此的了解，并在两国人民之间建立多层次的紧密联系。

阿中两国深厚关系涵盖广泛领域。例如，双方合作在阿联酋培育海水稻，满足阿方的粮食安全需求。在清洁能源领域，由上海电气、迪拜电力和水务局和沙特国际电力和水务公司共同合作的迪拜马克图姆太阳能电站是世界上最大的太阳能电站项目，将基于独立发电厂模式建设。目前装机容量950MW的第四期工程正在建设之中。

5月结束的中国两会，向世界传递出中国坚持多边主义、支持通过互利合作谋发展的积极信号。对于阿中两国业已牢固的双边关系来说，这是一个重大利好。阿中两国年双边贸易额高达700亿美元。阿联酋与中国在共享繁荣和经济成果方面有着共同的价值观。中国关于改革完善疾病预防控制体系的部署，也为阿中两国在专业领域开展互补合作提供了动力。

两国还要重点发展其他领域的合作，例如科学、技术、人工智能、食品安全和可再生能源。以能源领域为例，中国的目标是到2030年将清洁能源在本国能源结构中的占比提高到20%。同样，阿联酋2050年能源战略的目标是实现由再生能源、核能和清洁能源组成的能源结构，到2050年将清洁能源在本国整体能源结构中的比重由25%提高至50%，同时将发电的碳排放减少70%，从而在2050年之前节省7000亿迪拉姆。

两国未来的科技合作前景可期。中国要在2030年之前成为主要的人工智能创新中心，中方已经朝着这一目标取得了积极进展。阿联酋在中东和北非地区拥有最领先的人工智能研发实力。2017年10月，阿联酋政府启动了针对未来服务、产业和基础设施项目的"阿联酋人工智能战略"。

阿联酋正不断推进科学领域的发展，并已与中国达成协议，利用中国不断丰富的经验。双边协议包括阿联酋总理办公室人工智能办公室与中国科技部签署的关于人工智能科技合作的谅解备忘录。此外，哈利法科技大学与清华大学还建立了联合研究合作关系。穆罕默德·本·扎耶德人工智能大学也正在与中国科研机构展开诸多合作。

迪拜相框（航拍）（迪拜旅游局供图）

在阿中两国双双迈入崭新发展阶段之际，后疫情时代呈现的新机遇和新合作将加速双方的科技创新，推动两国在未来夯实现有合作基础并拓展更多合作范围。这些合作将有助于推动阿中双边年度贸易的增长，实现2030年达到2000亿美元的目标。

（文/阿联酋驻华大使阿里·扎希里　原载于《人民日报海外版》2020年6月29日第8版）

·采访手记·

大使请我们喝咖啡

阿联酋驻华大使馆是新冠肺炎疫情发生以来《我在中国当大使》栏目组采访的首个使馆，久违的面对面采访更多了一份亲切的互动。

使馆客厅里摆得满满当当的咖啡桌吸引了大家的目光。只见棕色印花丝绸桌布上，中心摆放着盛满各式香料的一个木制大托盘，四周分别环绕着装满椰枣的玻璃碗、银色和金色的精美雕花容器，以及一把金色的长嘴咖啡壶。这一切，都显示出主人的用心待客之道。

初见阿联酋驻华大使阿里·扎希里，大使就向我们发出了热情邀请："要不要来点咖啡？"说话间，大使首先端起装满椰枣的玻璃碗，"我们喝咖啡通常从吃甜点开始。"紧接着，大使一边亲自给我们倒咖啡，一边热心地当起阿拉伯咖啡的"讲解员"。

被称作 Qahwah 的阿拉伯咖啡是阿联酋的传统饮品，同中国的茶一样，常被用来迎宾待客。金色的阿拉伯咖啡壶，作为阿拉伯咖啡的"伴侣"已经沿用了好几个世纪。阿拉伯咖啡的独特之处在于，在烘焙调制的过程中，阿联酋人会根据口味喜好，加入豆蔻、丁香、肉桂等香料。口中椰枣的甜

阿联酋驻华大使阿里·扎希里接受人民日报海外网采访现场　季星兆/摄

味与咖啡中的香料味碰撞融合，在味蕾激起一圈圈涟漪，让我们体会了一把独特的阿拉伯风味。

值得细细品味的，不仅是阿拉伯咖啡，还有其中所蕴含的好客文化。在讲解过程中，大使手中的咖啡壶一直没有放下。大使说，客人轻晃空杯，才是结束的信号。只要客人还想续杯，主人就不能放下咖啡壶，这是一种礼节。与朋友坐在一起，一边喝着几小杯热气腾腾的咖啡，一边谈天说地，是阿联酋人生活中的美妙时刻，也是阿联酋人的好客标志。

"大使请喝咖啡"，自然而然成为栏目组当期短视频的主题，更引发网友热议，"大使太热情了！"

（文/毛莉　张六陆　原载于《人民日报海外版》2020年6月29日第8版）

·国家人文地理·

在阿联酋，沙漠与大海相遇

阿联酋，一株盛开在沙漠中的花朵。在这里，沙漠与大海相遇，西方与东方汇聚，传统与现代交融，塑造了这个神秘国度的多样风貌。

阿布扎比的多元文化

阿布扎比是阿联酋首都，占国土总面积80%以上。它拥有3处风格各异的旅游目的地，是旅游者的绝佳选择。

阿布扎比是一座国际大都市，除了令人叹为观止的谢赫扎耶德大清真寺、亚斯岛的主题公园和娱乐场馆、萨迪亚特文化特区的阿布扎比卢浮宫等不容错过的景点之外，阿布扎比还汇集了一系列令人心驰神往的精彩活动：豪华环岛游、独特生活方式体验以及奢华酒店度假区体验，并建有先进的会议设施、永久性的邮轮码头以及世界一流的基础设施。

绿洲城市艾恩是阿布扎比的文化遗产聚集地，也是世界上最古老的人类永久定居点之一。这里有联合国教科文组织的世界文化遗产，包括众多古堡、绿洲、历史建筑和考古遗址，是展现阿联酋独特文明和历史

迪拜亚特兰蒂斯（迪拜旅游局供图）

的窗口。

　　阿勒达弗拉一半沙漠，一半海洋，以多样化的地形和天然的沙漠、海滩、绿洲、海岛风光而闻名。萨巴尼亚岛拥有丰富的野生动物和狩猎资源，堪称阿布扎比最"天然"的目的地，对于希望远离喧嚣的游客是一个绝佳去处，同时也备受邮轮爱好者的青睐。

精彩纷呈的迪拜游

迪拜是阿联酋最先进、人口最多的城市，面积仅次于首都阿布扎比。高耸入云的摩天大楼、碧波荡漾的海岸线、浩瀚壮美的大漠风光，将金光闪闪的迪拜塑造为一处首选旅游胜地。每年来此旅游的宾客人数已逾1600万。无论游人在城中公干或游乐，还是在此长期或短期停留，迪拜总会给游人留下许多难以忘怀的回忆。

游客可以在老城区细细探寻古老历史的踪影，也可以登上全球最高楼的顶端，感叹这座现代化大都市的大气与恢宏。这里还有金黄色的海岸沙滩、一望无垠的大漠沙丘、欢乐亲子的主题乐园，以及各种购物餐饮好去处，让宾客流连忘返。

迪拜是时尚爱好者的天堂。作为一处世界顶级购物体验目的地，迪拜坐拥100余座购物中心，包括世界最大的购物中心。每年还有冬季迪拜购物节和迪拜夏日惊喜购物节。

热衷于美食的游客也一定会爱上迪拜。水边晚餐、高楼中的餐厅、米其林大厨的创意美食……不论您是想要尝尝国际美食还是地道的本土菜肴，6000多家餐厅、咖啡馆和食肆总能满足您的味蕾。

渴望探索的游客千万不要忘记前往阿拉伯沙漠进行探险。在迪拜，可以实现诸多游客人生目标清单上的必备项目——沙漠巡游。坐上四驱车，在月牙状的沙丘之间风驰电掣。让游客尽享无垠大漠。同时还有骆驼骑行、猎鹰表演、手绘汉娜文身等丰富体验，同样精彩纷呈。

一定不能错过的沙迦

沙迦，寓意"升起的太阳"，阿联酋的第三大酋长国，地处阿联酋中部，总面积2600平方公里。西临阿拉伯湾，东靠阿曼湾，是阿联酋唯一在东

古堡集市（迪拜旅游局供图）

西两岸都拥有海岸线的酋长国，拥有一面海水一面沙漠的地理奇观。

如果你热爱前所未有的奇妙体验，一定不能错过沙迦的网红景点"雨屋"。这座明星景点曾巡回世界，所到之处都掀起一票难求的热潮。走进雨屋，在室内持续不断的雨水中漫游，享受被雨水包围却不会淋湿身体的全新体验。昏暗的灯光，闪烁的雨滴，拿起手机随手一拍，一张张有质感的大片就被定格下来。

如果你热爱天文地理，一定不能错过"室内外灿烂星空秀"，室内，沙迦天文馆圆顶影院能同时容纳200名观众，投影仪会360度呈现天体影像，还有生动有趣的讲解响彻耳畔，让人沉迷在神奇的宇宙世界中。室外，在Mleiha沙漠考古中心，既可以参观人类迁徙的简要过程，又可以置身于一片辽阔沙漠，太阳落山前，在沙漠中的营地，点燃几盏灯，铺好舒服的地毯，备好烧烤，观星话人生。

如果你热爱特色文化，一定不能错过"博物馆的奇妙之旅"。在这片深深被文化浸透的土地上，光是大大小小的博物馆就有20个，其中最具有代表性的非"伊斯兰文明博物馆"莫属，其有珍贵伊斯兰藏品5000余件，涵盖艺术、书法、考古、伊斯兰文明等多个领域，连收藏飞机和古董车这样别具一格的博物馆也能在此找到。

（文/张六陆　原载于《人民日报海外版》2020年6月29日第8版）

乌拉圭

Uruguay

我／在／中／国／当／大／使

乌拉圭东部海滨旅游胜地埃斯特角城（乌拉圭驻华大使馆供图）

"长城爬100次也不会厌烦"
——访乌拉圭驻华大使费尔南多·卢格里斯

乌拉圭驻华大使费尔南多·卢格里斯　付勇超/摄

我在中国当大使

> 探戈故乡、足球天堂、"南美瑞士"、钻石之国……位于南美洲东南部的乌拉圭，是世界上距离中国最遥远的国家之一，但和中国有妙不可言的缘分。
>
> "乌拉圭有不少华人，乌拉圭人日常生活中也有很多中国文化元素，我们知道中国十二生肖。我本人从大学开始就对中国文化产生浓厚兴趣，中文发音像音乐，中国书法是艺术。"乌拉圭驻华大使费尔南多·卢格里斯近日接受人民日报海外网专访时，娓娓道来乌拉圭人的中国情缘。

"我还没尝遍中国菜"

从乌拉圭首都蒙得维的亚到北京的航班大都需要转机两次以上，行程总时长超过30个小时。这样一条跋山涉水的旅途，卢格里斯怀着对中国的好奇和兴趣，在来华履职前就已经走了不下10遍。而在华工作生活4年后，卢格里斯依然保持着对中国的新鲜感。

"乌拉圭国土面积较小，而中国是有着大洲一般面积的国家。"卢格里斯说，"当东北气温零下20摄氏度时，海南却艳阳高照。这对中国人来说可能习以为常，但对外国人来说却很新鲜，让我们看到了中国的广袤和美丽。"

在北京，长城是卢格里斯"爬100次也不会厌烦的地方"；在内蒙古，草原文化让他产生强烈亲近感,因为"乌拉圭也是牛仔之乡";在武当山,他从太极拳中体悟道教文化带来的平静与安宁……卢格里斯说,在中国充实而新鲜的体验,让他感觉4年时间过得很快。卢格里斯幽默地提到一件"憾事":"我还没有尝遍中国菜,不过中国美食太多了,这恐怕是不可能的任务。"

他这样总结4年来的驻华见闻:"一个外国人,如果在中国待了一周,可能会想写一本关于中国的书;待了一个月,可能想写一篇文章;待了一年后,反而无从下笔了,因为他无法写尽中国的复杂多样。每个国家都有自己的独特性,但绵延数千年的文明让中华文化的一体多样性格外突出。"

"乌拉圭人学中文热情高"

卢格里斯对中国文化的兴趣,也是中国文化热在乌拉圭升温的折射。近年来随着中乌全方位合作的加深,两国人民不断走近。

卢格里斯说,中国传统文化中的"和合"思想与"自然乌拉圭"理念十分相近,乌拉圭人也爱喝茶(马黛茶)……这些文化的相通之处,让乌拉圭人对中国文化产生了亲近感。中国已连续多年保持乌拉圭第一大贸易伙伴和最大出口市场地位,密切的经贸合作也带动了人文交流的加深,"越来越多乌拉圭人对中国文化感兴趣"。

中国文化热在乌拉圭升温的一个显著标志是,学习中文的乌拉圭人越来越多。"我学了6门语言,中文是最难的。"卢格里斯说,尽管中文很难,但没有阻挡乌拉圭人学习中文的热情。孔子学院在乌拉圭非常受欢迎,乌拉圭最好的大学设有孔子学院,不少高中也开设中文课程,而且一直有声音呼吁在乌拉圭设立更多孔子学院,"因为乌拉圭人学习中文的需求很大"。

越来越多乌拉圭人喜欢上中国文化的同时,中国人对乌拉圭文化的了解也在不断加深。足球是乌拉圭的一大国际名片,也是中国人了解乌拉圭文化的一扇窗口，乌拉圭球星雷科巴就因"中国男孩"的昵称，在中国拥有不少球迷。近年来，两国在足球领域的交流合作加速发展。"目前唐山已经开设了乌拉圭国际足球学校，我们也把乌拉圭足球教练带到四川、重庆、甘肃等地。"卢格里斯表示，乌拉圭足球发展的关键是重视青少年训练，有不少中国青少年到乌拉圭接受训练。

"乌拉圭在足球领域很强，但中国许多体育项目都很出色，我们也要向中国学习。"卢格里斯十分重视两国在体育领域的合作，他说有很多乌拉圭运动员来中国训练。"这些运动员是真正的'大使'，他们不仅在训练中提高竞技水平，也体验到和中国运动员一起训练的快乐。"

"电动出租车大多从中国进口"

谈到未来对乌中关系的期待时，卢格里斯首先分享了这样一个细节："在乌拉圭南部的圣何塞省，中国人走在大街上，会听到很多当地人热情地用中文'你好'打招呼。"原来，有一家中国车企在圣何塞投资建厂，不仅让中国汽车品牌在当地家喻户晓，也为当地就业和培养专业技术人才做出了贡献。

卢格里斯认为，中国车企投资圣何塞是乌中共建"一带一路"框架下的生动合作案例。"乌拉圭是首个同中国签署共建'一带一路'合作谅解备忘录的南方共同市场国家。'一带一路'倡议对乌拉圭很重要！"卢格里斯表示，"世界上很少有大国会提出这样让小国参与并积极发挥作用的倡议，'一带一路'倡议让乌拉圭有很强的参与感，乌拉圭也很高兴能够为此做贡献。"

卢格里斯表示，乌拉圭与很多周边国家都签署了自由贸易协定，也有设施完备的港口、机场和物流系统，乌拉圭愿发挥自身地缘优势，成为"一带一路"倡议面向南大西洋的重要节点。通过共建"一带一路"，乌中两国在贸易、投资、科技等各领域合作空间广阔。

卢格里斯举例说，乌拉圭农业发达，农产品优质。乌拉圭逾80%的领土都用来饲养牲畜，还建立了强制可追溯机制，是世界上唯一牛群具有100%可追溯性的国家。目前乌拉圭全国50%牛肉都销往中国，卢格里斯希望通过"一带一路"把牛奶、黄油等更多优质农产品带到中国。

卢格里斯表示，对中国企业来说，政府清廉度、政治稳定度、人均生活水平在南美名列前茅的乌拉圭是理想的投资目的地之一。乌拉圭数字化程度很高，是全球首个实现小学生人手一台笔记本电脑的国家，也是拉丁美洲人均软件出口量第一的国家。乌拉圭愿与中国携手共建"数字丝路"，积极与中国高科技企业开展合作。此外，清洁能源也是两国合作的重点领域，乌拉圭接近100%的电力供应来自清洁能源，下一个目标是实现汽车全面电动化。"目前乌拉圭的电动出租车大多从中国进口，希望有更多中国公司投资乌拉圭电动车领域。"

（文/毛莉　张六陆　原载于《人民日报海外版》2020年3月2日第8版）

· 采访手记 ·

看"文艺范儿"大使"秧歌秀"

走进乌拉圭驻华大使官邸,《我在中国当大使》栏目组立刻被一屋子摆得满满当当的艺术品吸引。

在客厅,迎面一幅红色基调的旷野小屋巨幅画作格外引人注目;墙上若干幅素描小像与矮几上的彩虹色人偶形成强烈反差;一幅不同色度的橙色几何条纹组成的拼图颇有意趣……还未见费尔南多·卢格里斯本人,我们就猜到这是位很有"文艺范儿"的大使。

当见到风度翩翩的大使时,两国在艺术领域的交流合作自然成为我们采访的切入点。卢格里斯大使一谈起艺术就打开了话匣子。"我对现代艺术很感兴趣,在北京、上海、香港看到很多中国现代艺术的精彩展览。"大使说,世界往往看到中国在经济、科技、工业等领域的发展,但事实上中国现代艺术的发展也十分值得关注。中国现代艺术从传统文化中汲取养分,又被年轻的艺术家们注入了生机活力。他举例说,水墨是中国传统艺术的重要元素,现在有很多中国艺术家把水墨元素创造性地运用于作品中。

乌拉圭驻华大使费尔南多·卢格里斯"秧歌秀" 赵壹晨/摄

"艺术的一个特点是具有强烈的人文性。当不同地区的艺术家合作时，能够碰撞出火花，激发人性中最好的部分。"卢格里斯告诉我们，他在华工作的一大重点就是促进双方文化艺术交流合作，拉近两国人民的心灵距离。

大使对推动两国艺术交流的重视，从乌拉圭驻华大使馆的布置便可见一斑——他为两国艺术家的作品专门开辟了展厅。在大使官邸的艺术藏品中，中国风作品更是占据了近乎"半壁江山"：写着"善"字的瓷器碎片被精心装裱，与旁边的乌拉圭画作交相辉映；中式陈列柜上摆放的各式瓷瓶、佛手雕塑、中国少数民族银饰、兵马俑艺术品等琳琅满目，让人目不暇接。

这些"宝贝"里，最引人瞩目的是摆放在沙发旁的"大头娃娃"。如果把它套在头上，腰里扎上红绸，就是典型的东北大秧歌装束。当我们感叹大使的藏品"接地气"时，没想到大使径直走上前去，二话没说把大头娃娃套在脑袋上,还玩心大起冲我们比起了"剪刀手"。这一幕被我们的镜头记录了下来,成为当期探访大使馆Vlog的"看点"。视频一发布,便引来20多万网友围观。网友纷纷表示:"大使先生是个'中国迷'啊!""大使很可爱!"……

(文/毛莉 赵壹晨 原载于《人民日报海外版》2020年3月2日第8版)

· 采访手记 ·

这份《人民日报海外版》，使馆已收藏32年

作为传播中华优秀文化、宣介中国发展变化的重要平台，《人民日报海外版》是许多驻华大使馆订阅的必读报刊。当《我在中国当大使》栏目组走进乌拉圭驻华大使馆，赫然入目的便是被精心装裱、悬挂于玄关处的《人民日报海外版》。

微微泛黄的报纸，看得出已有年头。乌拉圭驻华大使费尔南多·卢格里斯特意说明："这份报纸记录了乌拉圭与中国正式建立外交关系的时刻，所以我们把它作为历史资料长期保存。"

仔细一看，日期是"1988年2月4日，星期四"，中乌两国建交正是1988年2月3日。只见当天《人民日报海外版》头版刊发了消息《中国乌拉圭建立外交关系联合公报昨日在纽约签署》和社论《祝贺我国同乌拉圭建交》，并附有乌拉圭地图。

这份使馆已收藏32年的报纸，是两国关系里程碑的历史见证。在评价中乌建交的意义时，社论指出："这是两国关系中的一件大事，符合两国人民的共同利益和愿望"，"中、乌建交标志着两国关系开始了一个新阶段，

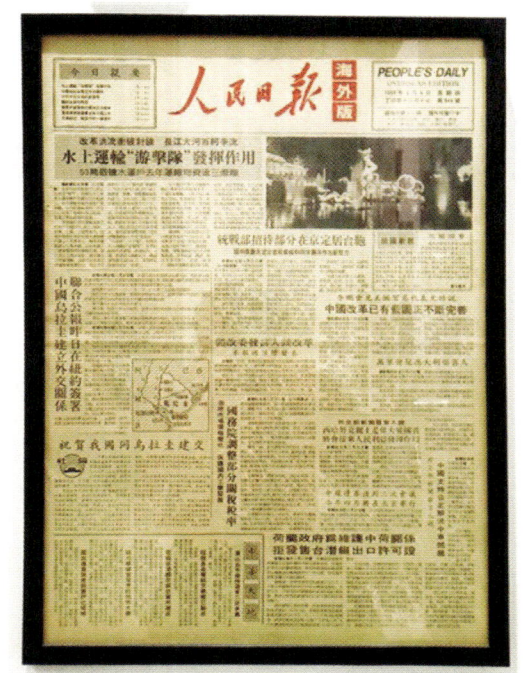

乌拉圭驻华大使馆珍藏的1988年2月4日《人民日报海外版》（乌拉圭驻华大使馆供图）

有利于全面推动两国友好关系的发展"……这些判断，在32年的光阴流转中化作生动的现实。

建交时中乌关系"系于一毛（羊毛）"，如今双边经贸合作已从建交初期单一的羊毛贸易扩展到牛肉、大豆、纸浆等多种商品贸易和投资合作等领域。自2012年以来，中国保持乌拉圭最大贸易伙伴和最大出口市场地位。2016年，随着中乌建立战略伙伴关系，双边关系步入历史最好时期。当前，在共建"一带一路"倡议框架下，双方正在贸易、农业、基础设施、文化、体育等领域开展更加广泛深入的合作……32年来，中乌务实合作为两国人民带来了实实在在的好处，已成为不同规模、不同国情国家间友好合作的典范。

使馆已收藏32年的这份《人民日报海外版》，还将继续被珍存下去。它既是对历史的忠实记录，也承载着对中乌两国关系发展更大的期许。

（文/毛莉　赵壹晨　原载于《人民日报海外版》2020年3月2日第8版）

·国家人文地理·

自然——乌拉圭的名片

乌拉圭位于南美洲东南部，西临阿根廷，北接巴西。这个南大西洋国家凭借突出的自然风光、科学、农业和创意产业等，彰显着自己独特的国际竞争力。

"自然乌拉圭"，是乌拉圭力图打造的国家形象。首都蒙得维的亚被自然环绕，有新鲜的空气、丰富的绿化，还有绵长的海岸。这个城市多次被评为南美最宜居城市。乌拉圭还有无数自然美景等待游客们去探索。弗洛雷斯大区的岩洞是联合国教科文组织认定的世界自然遗产，其中千奇百怪的岩石是大自然的鬼斧神工。大西洋海岸的罗恰省，拥有细腻沙丘、布迪椰子棕榈园和海洋沙滩，已被列为乌拉圭国家保护区。

从天空望去，乌拉圭就像一片巨大的草地，80%的领土都覆盖着牧场，这也让当地人骄傲地把乌拉圭称为"世界上最后一个大农场"。

牛肉产业对乌拉圭的发展尤为重要，乌拉圭拥有400年牛肉生产和出口经验。这里的牛主要是英式品种，它们生活在自由放牧场，一生不接触激素和抗生素。为了保证食品安全，乌拉圭开发设计了牲畜信息系统，强制性要求各企业确保牛肉产地可追溯性。

乌拉圭生产高品质的牛肉，乌拉圭人也深知烹饪牛肉之道。原汁原味的牛排使人食指大动，而一种名叫帕里利亚（Parrilla）的混合烤肉更是广受国际赞誉，在乌拉圭菜肴中占据特殊的一席。这道菜将不同肉类摆放在一个特别容器中炙烤，浓浓的肉汁慢慢渗出，多味香料混合着炭烤独有气味，将不同食材的风味完美融合到一起，在味蕾上绽放开来。红酒是这道菜的最佳伴侣，特别是本地产的丹娜葡萄酒，会把这道美食带来的满足感进一步升华。

乌拉圭人享受着自然带来的恩惠，也深知保护自然的意义所在。乌拉

科洛尼亚日落时分　Atardecer- J.Villasuso/ 摄

位于里韦拉省的露娜蕾霍山谷　PH Balvano/ 摄

圭98%以上的电力生产都来自可再生能源,这使得它在风能领域排名世界第三。乌拉圭自1987年实施《森林法》,宣布保护、改善和扩大森林资源,在发展林业的同时建立可持续的森林管理体系,并积极利用林业副产品的生物质废料发电。

(文/任天择　原载于《人民日报海外版》2020年3月2日第8版)